PUZZLƎBODY

PIN
장르
010

퍼즐 PUZZLEBODY 바디

김청귤 소설

H

차례

"이곳에 와주신 여러분, 모두 감사합니다. 이렇게 완쾌한 모습으로 여러분 앞에 다시 설 수 있어 무척이나 기뻐요."

대한민국에 뿌리를 둔 다국적 기업 제우스. 그 제우스 그룹 회장의 외동딸인 김리사는 제우스 본사의 가람홀에서 자신이 건강함을 선보이는 중이었다. 단상에 올라 희고 고운 이를 드러내며 웃는 김리사의 모습에 사람들이 환호했다.

김리사는 내가 들어본 적도 없을 값비싼 브랜드의 물건들로 자신을 치장하고 있었다. 사랑스러우면서도 우아한 하얀색 원피스에 앞코가 둥

근 검은색 구두를 신고, 김리사만을 담당하는 헤어 디자이너가 완벽하게 세팅해준 헤어스타일에 김리사만을 위한 메이크업 아티스트가 한 올 한 올 정성스럽게 올린 속눈썹을 팔랑거리며 눈을 깜빡이는 김리사. 마이크를 잡은 손가락은 거스러미 하나 없이 말끔했다. 구두 속 발도 그러겠지. 보이는 곳부터 보이지 않는 곳까지 다 완벽할 것이다.

심장이 약하게 태어났다는 건 익히 알려진 사실이었지만, 겉으로 보기에 고통이라고는 전혀 모르고 자랐을 것 같은 소녀였다. 사랑 속에서 태어나지는 않았더라도, 사랑으로 자라, 사랑을 나눌 줄 아는 사람이었다. 그러니 완치 후 맨 처음으로 연 행사가 자선 행사겠지.

생기 넘치는 연분홍 볼과 별처럼 빛나는 눈동자를 보고 있자니, 저 안에 무엇이 있는지 알면서도 속절없이 사랑에 빠질 것 같았다. 귀하고 아름다운 것들 속에서 산 천진난만함과, 권력과 금력을 가졌음에도 언제 죽을지 모른다는 비극에서 오는 가련함이 뒤섞여 모두를 사로잡았다.

"제가 제일 사랑하는 아빠를 비롯해 저의 쾌유를 빌어주신 분들이 많겠죠? 저도 저같이 아픈 사람들이 모두 낫기를 기원하고, 부디 제가 계속 좋은 일을 할 수 있도록 저를 살려달라고 매일 기도했어요. 그런데 정말 기적이 일어났어요. 수술이 성공적으로 끝났을 때 아빠가 엉엉 울면서도 웃더라고요. 아빠, 비밀 못 지켜줘서 미안."

그러자 행사장 여기저기서 유쾌한 웃음소리가 터져 나왔다. 카메라가 수만, 수십만 명의 사람들의 목숨을 쥐고 흔들 수 있으며 이미 몇만 명은 무자비하게 해고하고 외면하고 짓누른 제우스의 회장인 김건훈을 향했다. 커다란 화면이 웃음기를 머금은 채 한숨을 쉬며 고개를 내젓는 모습을 비췄다. 화면 속의 남자는 딸을 사랑하는 아버지일 뿐이었다.

지금 이 순간에도 제우스 계열 기업에서 과도한 업무에 시달리는 노동자가 있을 것이고, 사고를 당한 노동자, 병을 얻은 노동자도 있을 것이다. 하다못해 행사장으로 들어오기 전에 본 1인

시위자는 처음부터 존재하지 않았던 것처럼 어딘가로 끌려갔을 것이다. 김리사를 사랑하는 김건훈이 그 사람을 돈으로 회유할지, 보이지 않는 폭력으로 없애버릴지, 어느 쪽을 선택하든 그 사람을 치우라고 한 자가 김건훈이라는 것 정도는 여기 있는 사람들은 다 알 것이다.

김리사는 이런 사실을 알까, 모를까.

"그런 염원이 모여 기적을 만든 것 같아요. 그래서 다른 분들께도 기적을 나눠드리고 싶어 이런 자리를 마련했습니다. 기적은 나누면 나눌수록 커진다는 걸 믿거든요."

그게 과연 기적일까. 김리사는 정말 모를까, 알까.

"이번 제 수술을 기반으로 우리 제우스는 장기이식과 연관된 재단을 만—."

김리사가 말을 멈췄다.

"만……."

말을 이으려 했으나 뜻대로 되지 않는 듯했다. 갑작스러운 상황에 행사장이 소란스러워졌다. 뒤편에 있던 경호원이 가까이 다가갔는데, 김리사가 갑자기 피를 토하며 하얀색 원피스를 새빨갛게 물들였다. 기자들은 카메라로, 사람들은 휴대폰으로 김리사를 찍기 시작했다. 단상에서 제일 가까운 곳에 서 있던 김건훈이 재빨리 뛰어갔다.

"리사야!"

아버지의 비통한 비명은 카메라 촬영음과 사람들의 웅성거림을 뚫고 행사장을 울렸다. 김리사는 앞이 제대로 보이지 않는지 양손을 휘젓다 김건훈의 손을 잡지도 못하고 주저앉았다.

이제 자신을 애타게 부르는 김건훈의 목소리가 희미하게 들릴 것이고, 누구든 잡고 싶어도 손가락에 힘이 들어가지 않아 주먹을 쥘 수 없을 것이며, 목구멍이 달라붙은 것처럼 아무 소리도 낼 수 없을 것이다.

"리사야——!"

원래 네 것이 아니었으니, 이제 편히 쉬기를.

*

지금이 몇 시인지 확인해보려 했으나 휴대폰

이 책상 위에 있었다. 몇 발자국만 걸으면 휴대폰을 가져올 수 있는데도, 도저히 몸을 일으킬 수가 없었다. 나는 오른손을 떼어 책상으로 집어 던졌다. 책상 위에 떨어진 오른손이 휴대폰을 향해 손가락을 세워 뚜벅뚜벅 걸었다. 이윽고 오른손은 휴대폰을 잡고 침대를 향해 부드럽게 던졌다. 왼손으로 휴대폰을 하며 오른손을 되돌아오게 했다.

신체가 분리됐을 초반에는 기어서, 걸어서, 굴러서 오고 갔는데 시간이 흘러서인지 아니면 자주 써서인지 이제는 보이지 않는 실이 연결된 것처럼 스르륵 끌려왔다. 낚싯줄을 감으면 이런 느낌일지도 모르겠다.

아직 알람은 울리기 전이었지만, 벌써 열한 시였다. 곧 점심을 먹고 나가야 했으나 일어나는 대신에 유튜브 앱을 클릭해 엄지로 화면을 슥슥 내렸다. 자취 추천 아이템 영상, 일주일에 만 원으로 사는 게 가능한지 알아본다는 영상, 오후에 커피 한잔하며 듣기 좋은 음악 플리 등을 지나치는데 짤막한 뉴스 동영상이 눈에 들어왔다. 섬

네일에는 앵커와 구급차, 제우스 그룹 로고가 있었다. 동영상을 클릭하자 앵커가 긴급함이 깔린 단단한 목소리로 소식을 전했다.

"이번에는 기업 제우스와 관련된 소식입니다. 김건훈 회장의 외동딸, 김리사 씨가 자선 행사 도중 갑자기 쓰러졌습니다. 태어날 때부터 심장이 약했던 김리사 씨는 수술 후에도 지속적인 건강관리를 하고 있었는데요. 제우스 측에서는 자선 행사를 주최하느라 피곤이 쌓인 것뿐이라고 발표했습니다. 이 소식에 제우스의 주가가 한때 휘청거리기도 했지만, 김건훈 회장이 나타나 행사를 예정대로 진행한 것으로 알려지면서 안정세로 돌아섰습니다. 현재 김리사 씨는 제우스 재단의 미리내병원에 입원한 것으로 확인되었습니다."

자료 화면으로 자선 행사 영상이 나왔다. 우아하고 고급스럽게 차려입은 사람들이 삼삼오오 파티를 즐기고 있는 사이를 돌아다니면서 상냥하게 응대하던 김리사가 갑작스레 정신을 잃고 쓰러지는 것으로 영상은 끝이 났다.

댓글 창에는 열여덟 살의 청소년이 괜찮은지 걱정하는 것보다 주식이 떨어졌을 때 샀어야 했는데, 몇 번 더 쓰러져라, 회장한테 사생아는 없냐, 이러다 죽으면 승계는 어떻게 되는 거냐, 자식을 더 낳아야 하는 거 아니냐 등의 내용이 가득했다. 제우스 그룹 계열의 공장에서 사고가 나도 휘청거리지 않던 주식이 아직 회사에 어떠한 직책도 없이 그저 회장의 딸이라는 이유로 유일한 후계자 취급을 받는 김리사가 쓰러졌다는 걸로 휘청거리는 게 웃겼다.

저렇게 아파도 돈이 많으니 괜찮겠지. 더군다나 과로로 인한 기절이라니 지금쯤이면 멀쩡할 것이다. 김리사는 일주일을 쉬어도, 1년을 쉬어도 문제없을 것이다. 평생 아무 일 하지 않고 놀아도 가진 돈을 다 쓰지 못하고 죽겠지. 우리 아빠는 아파도 제우스가 재촉한 납기일을 맞추기 위해 무리해 일하다가 돌아가셨는데.

어쩌면 아빠의 한이 이런 능력을 생기게 한 건 아닐까 하는 생각도 해봤다. 아빠에게 이런 능력이 있었다면 어딘가에 끼는 사고가 나도 멀쩡했을 테니까. 나야 신체가 분리되어도 멀리 있는 휴대폰 가져오기, 냉장고에서 물병 가져오기 같은 소소한 활동만 할 뿐이었다. 침대에 누운 채로 할 수 있으니 그게 좋은 거였지만.

그렇지만 역시 제일 의심이 가는 건 하늘에서 내려온 초록색 빛이었다. 초록색 빛은 대한민국에 한정해 시간과 장소 상관없이 쏘아졌다가 사라졌다. 누가 쏜 건지, 어디에서 시작된 건지 모르니 다들 호들갑을 떨었다. 누군가가 병원에 가서 검사를 받아보고, 과학자가 추측하고, 정부 관계자가 원인을 찾아보겠다고 했으나 아무도 어디서 초록색 빛이 쏟아지는지, 초록색 빛을 맞으면 어떤 변화가 생기는지 알아내지 못했다. 외계인과의 교신에 성공했다는 둥, 신의 계시를 받았다는 둥, 설치는 사람들도 있었으나 다 한때였다. 꽤 많은 사람이 초록색 빛을 맞았으니 초록색 빛이 정말 외계인이 보내는 신호라면 행운의 편지 같은 걸 테고, 신의 계시라면 너도나도 구원을 받고자 회개하고 착한 일을 할 터였다. 그러나 사람들은 여전히 바쁘고, 이기적이고, 화가 많았다.

내가 초록색 빛을 의심하게 된 건, 초록색 빛이 쏘아진 이후 어느 순간부터 손가락 자르기 마술, 가짜 손으로 지나가는 사람 놀라게 하기, 손가락만 떼어 지나가는 여자 엉덩이 몰래 찌르기, 손만 보내 친구 주머니에서 휴대폰 훔치기 같은 쇼츠가 이상할 정도로 자주 떴기 때문이었다. 알고리즘이 마술이나 AI 영상을 보여주는 걸 수도 있겠지만, 실제로 내 신체가 분리되니 의심스러울 수밖에 없었다.

그것도 이제 유행이 지났는지 요즘은 베이킹 영상과 김리사 관련 영상이 알고리즘을 차지한 참이었다. 덕분에 궁금하지 않아도 어쩔 수 없이 제우스 관련 소식을 알게 되었다.

알람이 울렸다. 더는 여유를 부릴 수가 없었다. 점심을 먹으려고 냉장고 문을 열 때 초인종이 울렸다. 올 사람이 없는데 누굴까. 인터폰이나 현관 외시경이 없는 원룸이라 바깥 상황을 알 도리가 없어 조용히 도를 아십니까나 물 한 잔만 얻어 마실 수 있겠느냐는 물음이 돌아오길 기다렸지만 아무 말도 없었다. 딩동. 벨소리만 한 번 더 울릴 뿐이었다. 집 안에 아무도 없는 척 가만히 있었다. 그냥 갈 줄 알았는데 벨을 또 누르곤 말을 걸어왔다.

"이하나 씨, 안에 계신 거 압니다. 문 좀 열어 주시죠."

이름까지 부르니까 겁이 났다. 스토커인가? 요즘 돌아다닐 때 따라오는 사람이 있었나? 살며시 싱크대에 있는 프라이팬을 잡았다. 손잡이를 말아 쥐고 현관문 앞에 섰다.

"누구세요?"

"연구소에서 왔습니다. 이하나 씨, 초록색 빛을 맞았죠?"

"네?"

"다 알고 왔습니다. 1월 28일 오전 열 시 58분에 초록색 빛이 내려왔고, 편의점으로 아르바이트를 하러 가는 길이었던 이하나 씨가 뛰어가다가 멈춰서 마스크를 내리고 약 10분간 초록색 빛 속에 있던 걸 확인했습니다."

내 일거수일투족을 파악하고 있다는 사실에

오싹해졌다. 대체 무슨 연구소라는 건지, 진짜 연구소가 맞는지도 믿을 수 없었다. 내가 대꾸하지 않자, 문 너머에서 다시 말을 걸었다.

"의심하시는 것 이해합니다. 다만 초록색 빛을 맞은 사람들 중 몇몇에게서 이상 증상이 있다는 걸 알고 비밀리에 접촉하는 중이라 그렇습니다."

"이상 증상이요?"

"혹시 신체의 일부분이 분리되지 않습니까? 손가락 한 마디 정도라도 말입니다."

나는 답하지 않았다. 그러자 현관문 너머의 사람은 내 신체가 분리된다고 확신한 듯 입을 열었다.

"신체가 분리되는 증상은 아주 드문 일입니다. 이게 전염병처럼 다른 사람에게도 옮을지, 혹은 신체가 다 마디마디 분리되다가 붙지 않을 수도 있을지 등에 대해 연구를 하는 중입니다. 그러니 이하나 씨의 협조가 꼭 필요합니다. 이하나 씨가 자리를 비우는 동안 생기는 문제는 저희 쪽에서 처리해드릴 거고요, 연구에 도움을 주시니 당연히 연구비도 드릴 겁니다. 아직 취업을 못 하고 아르바이트만 하시던데, 저희가 드리는 돈이 꽤 됩니다."

남자의 목소리에는 힘이 있었다. 특히 돈이 꽤 된다고 할 때는 자신감이 넘쳤다. 그러나 말하는 걸 들어보니 일주일에 몇 번 병원이나 연구소로 가는 정도가 아니라, 아예 몇 박 며칠 숙식을 하는 것 같았다. 집을 떠나는 것도 싫었고, 돈이면 다 될 줄 아는 태도도 짜증 났다. 취업 못 하고 아르바이트만 하니까 돈 많이 준다고 하면 기뻐할 줄 알았나?

"누가 연구를 하는 거죠? 나라인가요? 아니면 기업에서? 어디서 하는 건가요?"

"……연구에 참여한다고 동의하시기 전에는 기밀이라 알려드릴 수 없습니다."

"그럼 참여하지 않겠습니다. 돌아가주세요."

"이하나 씨!"

"경찰에 신고할까요?"

"……알겠습니다. 우편함에 명함을 놓고 갈 테니 마음이 바뀌면 연락 주시길 바랍니다."

현관문 앞에 서서 발자국 소리가 점점 멀어지

는 걸 확인했다. 간단하게 김치볶음밥을 해 먹은 후 바로 설거지를 했다. 샤워까지 끝마치고 아르바이트하러 가기 위해 집을 나선 순간, 현관문을 열자마자 누군가가 손수건으로 내 코와 입을 막았다. 저항하려고 했으나 몸에 힘이 풀리며 시야가 흐릿해졌다.

눈을 뜨니 병원 느낌이 드는 아이보리색 천장이 보였다. 고개를 돌려 주위를 살피자 정말 병원인 것 같았다. 실내에는 싱글 침대와 서랍장, 스탠드 조명 외에는 아무것도 없었다. 창살이 달려 있긴 했지만 창문이 커서 방 안으로 빛이 환하게 들어왔다. 옆 건물 사람과 인사도 나눌 수 있을 것 같았던 자취방 창밖과는 전혀 다른 풍경에 나도 모르게 그 빛을, 크고 앙상한 나무가 가득한 창문 너머를 하염없이 바라봤다.

그러다 퍼뜩 정신을 차리고 방을 재차 둘러봤다. 내 원룸보다 큰 건 확실한데 냉장고나 세탁기 같은 가전제품이 없어서인지 더 넓게 느껴졌다. 여기가 어딜까. 급하게 일어나려고 하자 어지럼증에 시야가 깜깜해져 도로 누울 수밖에 없었다. 이렇게 다시 눕고 나니 새삼 내가 왜 이곳에 있는지가 떠올랐다. 한 시간 넘게 밖에서 기다리고 있었을 그 집요함이 무섭고 징그러웠다. 연구를 위해서라고? 화가 머리끝까지 나서 죽어도 절대 협조해주지 않을 것이라고 다짐했다. 계속 가만히 누워 있을 수만은 없어 어지럼증이 살짝 나아지자 천천히 일어났다. 침대 밑에는 새 것처럼 보이는 검은색 슬리퍼가 가지런히 놓여 있었다.

멀거니 내려다보다가 슬리퍼에 발을 넣어보았다. 생각한 것보다 훨씬 편했다. 슬리퍼는 적당히 푹신하면서도 아치를 잘 받쳐줬다. 발에 여유 있게 맞았고 발등 부분이 부드러워 맨발로 신고 몇 시간을 걸어도 아프지 않을 것 같았다. 비싼 슬리퍼겠지. 내가 누워 있던 침대도 매트리스가 두툼한 게 비싸 보였다. 슬리퍼를 신고 걸어가 창문을 열었다. 사이즈는 컸으나 실제로 열리는 부분은 매우 작았다. 그것도 아래에서 위로 비스듬히 열려서 팔 하나만 겨우 내미는 것이

고작이었다. 창유리도 쉽게 깨지지 않겠지.

몸을 돌려 벽에 있는 문을 열었다. 화장실이었다. 깔끔한 화장실을 보니 나도 모르게 세면대 물을 틀어 수압을 체크하고, 그 채로 변기도 내려봤다. 물줄기가 약해지는 일 없이 내려갔다. 세면대와 샤워기 모두 뜨거운 물이 금방 나왔다. 양팔을 쫙 뻗어도 공간이 남을 정도로 넓은데 뜨거운 물도 잘 나온다니……. 모든 게 내 자취방보다 좋았다. 돈 많이 준다고 큰소리칠 만하네. 납치당해서 좋다고 생각해야 하나 헛웃음이 나왔다. 정신이 번쩍 들게 찬물로 세수를 했다.

수건이 보이지 않아 손으로 대충 물기를 훔치고 화장실에서 나왔다. 밖으로 연결된 문은 일반 현관문처럼 철제였고, 도어록이 설치되어 있었다. 비밀번호를 바꾼대도 마스터키만 있으면 마음대로 들어올 수 있겠지. 혹시 문 앞에 누군가 지키고 있는 건 아닐까. 어떤 상황이건 놀라지 말아야지 하며 각오를 단단히 다진 후 문을 열었다.

다행히 문 앞을 지키고 있는 사람은 없었다.

아니, 그 어떤 사람도 보이지 않았다. 문 바깥은 방과 다르게 온통 하얀색이었다. 기다란 복도에는 철제문이 몇 개 더 배치돼 있었는데 내 방은 205호였고, 맞은편은 202호였다. 201호부터 206호까지 한쪽에 방이 세 개씩 있었다. 저 방에도 나처럼 잡혀 온 사람들이 있을까, 잡혀 온 건 나 혼자일까. 아직 알 수 없는 일이었다.

복도를 걸으니 코너 쪽 벽에 친절하게 식당과 휴게실, 진료실의 방향을 표시한 게 보였다. 천장에 설치된 CCTV들을 힐끗 보고는 식당이라 적힌 곳으로 향했다. 가까워질수록 음식 냄새가 강하게 났다. 된장찌개의 구수한 냄새와 각종 요리의 매콤한 양념 냄새가 위장을 자극했다. 사람들이 모여 밥을 먹고 있는지 대화하는 소리도 들렸다. 날 납치한 사람들일지도 몰랐기에 발소리를 줄여 다가갔다. 고개만 살짝 내밀어 유리문 안을 들여다봤다. 사람들은 모두 나처럼 하얀색 원피스를 입고 있었다. 연구 대상자들이 입는 복장인 듯했다.

"된장찌개 너무 맛있다. 두부도 몰캉몰캉하니

어쩜 이리 부드러운지. 김치도 젓갈 냄새 팍 나는 게 내 입에 딱이야. 게다가 소불고기에 고기 가득한 거 봐라. 내가 언제 이렇게 고기반찬을 마음껏 먹겠니. 오늘도 좋다 좋아."

"누님은 어차피 남이 해준 음식은 다 맛있게 먹으면서, 뭔 식사 시간 때마다 맛있다고 호들갑이야?"

"너는 다리나 오므려. 볼 것도 없는데 뭐 자랑이라고 벌리냐? 그리고 술 좀 제발 적당히 마시라고 했지? 술 냄새가 아주 진동한다, 진동해."

"마누라도 아니면서 왜 맨날 잔소리야."

"잔소리 듣기 싫으면 술을 줄여! 한이랑 현우도 많이 먹어. 먹는 게 남는 거야."

"이모랑 삼촌도 맛있게 드세요."

나처럼 납치되어 온 건 아닌 게 분명했다. 저들의 대화에서는 평온하고 자연스러운 일상의 냄새가 났다.

식당으로 들어가자 오른쪽 벽에는 정수기와 믹스 커피, 캡슐 커피, 여러 음료수가 구비된 음료 냉장고가 있고, 정면에는 자율 배식인지 가지런히 놓인 음식들이 있었다. 안에는 4인용 식탁이 네 개나 있었는데, 네 사람은 그중 한곳에 앉아 식사하는 중이었다. 인사를 해야 하는 건지, 납치되어 왔다고 도움을 청해야 하는 건지, 무슨 말을 해야 할지 몰라 가만히 서 있는데 나를 발견한 아주머니가 방긋 웃으며 손짓했다.

"어, 처음 보는 아가씨네! 아가씨, 이리 와요. 와서 얼른 밥 먹어. 저기서 먹고 싶은 거 떠 와. 먹고 또 먹어도 돼. 공짜야, 공짜."

망설이다가 천천히 배식대 쪽으로 다가갔다. 배추김치, 총각김치, 소불고기, 떡갈비, 쌈 채소, 콩나물국 같은 한식도 있었고, 그 옆에는 식빵, 딸기 잼, 크림치즈, 베이컨, 스크램블드에그, 샐러드, 수프 같은 양식도 있었다. 맨 끝에는 토스트기와 봉지 라면을 끓여주는 기계까지 있었다. 살찌워서 잡아먹으려는 수작이라고 해도 믿을 수 있을 것 같았다.

식탁 위를 살펴보니 아주머니와 아저씨, 머리를 푹 숙인 채 묵묵히 식사만 하고 있는 사람은 한식을, 제일 어려 보이는 사람은 토스트를 만들어 먹고 있었다.

“밥보다 빵이 좋아? 식빵에 떡갈비 넣어서 먹으면 맛있어. 냉장고에 우유도 있고, 커피 내려서 마셔도 되고. 나중에 먹고 싶은 거 있으면 저기 써놔. 그러면 다음 식사나 늦어도 다다음 날에는 나와.”

아주머니가 가리킨 곳에는 하얀색 보드판이 있었다. 짜장면, 치즈 돈가스, 수미네 추어탕, 녹차 아이스크림, 오늘도 잘 먹었어요 같은 내용이 각각 다른 글씨체로 쓰여 있었다. 특정 브랜드, 특정 가게의 메뉴가 적힌 걸 보니 주문하면 가져다주는 모양이었다.

식사 중인 사람들이 문제없이 잘 먹는 걸 보니 이상한 게 들어 있지는 않은 듯했다. 나는 식판을 들고 밥과 반찬들을 먹을 만큼 담았다. 그 옆에 있는 식탁에 따로 앉으려고 했는데 내가 혼자 먹는 게 마음에 걸렸는지, 아저씨가 일어나 4인용 식탁을 끌어 자기들 식탁에 딱 붙였다. 아주머니가 자연스럽게 빈 식탁으로 자리를 이동하더니 내게 얼른 앉으라고 손짓했다. 친절하고 상냥한 행동들에서 이 사람들이 절대 납치된 게 아니라는 확신은 얻었지만, 친분을 쌓기에는 아직 혼란스러웠다.

나는 아예 다른 식탁에 자리를 잡았다. 식당이 한순간 고요해졌다. 이들이 무슨 생각을 하든 신경 쓰지 않고 밥을 한 숟갈 퍼 입에 넣고 꼭꼭 씹었다. 나를 쳐다보는 시선이 느껴졌다. 약간의 침묵 후 사람들은 자기들끼리 먹고 싶은 반찬, 어제 본 드라마 등을 두서없이 이야기했다. 그러다가 갑자기 불쑥, 내게 말을 걸었다.

"아가씨는 어디가 분리돼?"

나는 음식이 입에 있어서 말을 못 하는 척 느리게 씹기만 했다.

"나는 왼쪽 무릎 위로 분리가 돼. 어떨 때는 발목이고, 어떨 때는 무릎 바로 아래고. 컨디션에 따라 다른가봐. 여기 와서 잠도 잘 자고 밥도 잘 먹으니까 무릎 아래까지 잘 떨어지더라고."

아주머니는 무 뽑듯이 왼손으로 왼 다리를 쑥 들어 올렸다. 슬리퍼 사이로 발가락이 까딱이는 게 보였다.

"난 오른쪽 손가락 세 개. 내가 오른 손가락이 다 있었으면 다섯 개였을지도?"

아저씨는 마술 부리듯 손가락을 하나하나 떨어뜨렸다. 식탁 위에 착지한 세 손가락이 마디를 구부려 신사처럼 정중하게 인사했다. 그 옆으로 탁구공같이 동그란 게 굴러왔다. 손가락이 그걸 축구하듯 이리저리 차자 굴러가는데 하얀 탁구공 안에 어두운 원과 그 주변으로 붉은 실이 어지럽게 얽혀 있는 게 보였다. 그러니까 저건…… 눈동자였다. 내가 힐끗 쳐다보기만 하자 이쪽을 바라보고 있던 남자가 한쪽 눈을 감은 채 어색하게 웃으며 말했다.

"좀 징그럽죠? 그래도 이물감 들 때 물로 씻으면 상쾌해서 생각보다 나쁘진 않아요."

남자는 눈동자를 손으로 잡아 컵에 넣고 살짝 흔든 다음 물기를 탈탈 털어 다시 빈 공간으로 집어넣었다. 눈꺼풀을 몇 번 깜박이자 언제 빠졌냐는 듯 맑은 눈동자였다.

"저는 가슴이 분리되는데, 방에 놓고 다녀요. 가슴이 없으니까 몸이 가벼워서 편하더라고요."

저들이 나와 같은 처지인 건 알았다. 나는 말없이 오른손 검지를 분리해서 식탁 위에 올려놓고 왼손으로 계란말이를 찔러 입에 넣었다.

"아가씨도 초록빛 맞은 거지? 나는 그 빛을 맞고 평소처럼 지내고 있었는데, 무릎이 아파서 툭툭 두드리니까 정강이 아래가 툭, 하고 떨어지더라고. 놀라서 병원으로 달려갔다가 소개를 받고 여기에 왔어."

"나도 뭐……. 그 빛 맞고 한 일주일 뒤인가? 공장에서 일하고 있는데 갑자기 손가락이 바닥으로 똑 떨어지는 거야. 이미 손가락이 두 개나 없는데 또 잘린 줄 알고 소리 지르고 기계 멈추고 그랬는데 피가 안 났더라고. 얼결에 주워서 손에 댔더니 붙더라. 사람들이 하도 이상하게 보길래 집에서 쉬고 있었는데, 도와주겠다며 사람이 왔지."

말을 들어보니 제 발로 들어온 게 확실했다. 그렇다고 해서 저들과 나의 처지가 다른 걸까?

"……밖으로 나갈 수 있어요?"

"응? 아, 밖에 못 나가고, 아들하고 통화 못 하

는 건 아쉽지만 삼시 세끼 맛있는 밥 줘, 여기 있는 것만으로도 돈 줘, 건강하라고 운동도 할 수 있게 해줘. 나는 너무 좋은데?"

"그리고 원래대로 돌아갈 방법도 찾아준다고 했어요. 저는 책상 위에 문제집 펴놓고 눈동자를 내려놓으면 잘 때도 공부할 수 있어서 좋긴 했는데……. 여기선 그렇게 죽어라 공부 안 해도 돼서 더 좋아요."

이 공간 곳곳에 CCTV가 산재해 있었다. 누가 봐도 감시의 목적인데, 이 사람들은 별생각이 없어 보였다. 하긴, 밖에 나가도 CCTV, 자동차 블랙박스, 휴대폰 카메라가 널려 있으니 익숙해진 걸지 몰랐다. 나도 납치된 게 아니라면 크게 신경 쓰지 않았을지도. 어쩌면 돌발 상황에 대응하기 위해 지켜보는 것뿐이라고 여기는 걸 수도 있었다. 퍼즐처럼 조각나고 이어 붙일 수 있는 몸이 되었고, 이건 누구도 경험해본 적이 없는 상태이니까.

식사를 마친 후 아주머니와 아저씨는 믹스 커피를 탔고, 내 또래로 보이는 남자는 캡슐 커피를 내리고 있었다. 나는 대화할 마음이 없어 곧장 일어나 방으로 향했다. 가슴이 분리된다는 청소년도 방으로 갈 생각인지 책 하나를 손에 들고 내 뒤를 따라왔다. 204호. 내 옆방이었다.

“저기, 몸이 그렇게 되어 놀란 건 알겠지만, 다들 좋은 분들이에요. 그러니 너무 경계하지는 마세요. 아침 식사는 보다시피 일곱 시부터 열 시, 점심시간은 열두 시부터 두 시까지예요. 저녁은 다섯 시부터 일곱 시까지고요. 그렇지만 보통 일곱 시, 열두 시, 다섯 시에 같이 모여서 먹어요. 밥 먹고 휴게실 가서 영화 보거나 보드게임을 하기도 하고요. 아니면 저처럼 책을 읽거나요. 보고 싶은 책은 신청하면 갖다줘요. 불규칙적으로 피를 뽑거나 검사하라고 부르는데 그것 말고는 그냥 푹 쉬면 돼요.”

“……알려줘서 고마워요. 나는 이하나예요.”

“저랑 이름이 비슷하네요. 저는 이한이에요. 그럼 쉬세요.”

이한이 들어간 뒤에야 나는 텅 빈 복도 끝에 있는 CCTV를 힐끗 보고 방으로 들어갔다. 방 천장에는 아무것도 없었지만 안심하지 않았다. 감시용 카메라가 분명히 어딘가 교묘하게 숨겨져 있겠지. 서랍을 하나하나 열어보니 수건, 속옷, 원피스, 스킨로션 등이 차곡차곡 정리되어 있었다. 질 좋은 제품들이라는 걸 한눈에 알 수 있었다. 세안 도구와 기초 제품을 꺼내 화장실로 들어갔다. 양치를 하고 따뜻한 물로 입안을 헹궜다. 찬물로 세수를 한 다음 기초 제품을 발랐다. 샤워기 옆에 놓인 샴푸와 린스, 바디워시를 살펴보고는 화장실에서 나왔다. 아직 선을 완전히 넘진 않은 듯 다행히 화장실에는 카메라가 없었지만 침대 옆 스탠드 조명 머리 부분에서 아주 작은 렌즈를 발견했다. 렌즈 너머의 사람이 알아차릴 수 없을 만큼만 살짝 스탠드 각도를 조정했다.

날 데려온 사람들은 누굴까. 무엇을 원하는 걸까. 나는 침대 헤드에 기대 손가락을 매만지며 초록색 빛을 맞은 날을 떠올렸다.

설 명절이라 거리가 한산했다. 사람이 없는 거

리에 전조도 없이 너울거리는 초록색 빛이 부드러운 천인 듯 내려앉았다. 영상으로만 보던 오로라 같기도 했다. 태양을 맨눈으로 볼 때처럼 눈부시지도 않았고, 해가 쨍쨍한 여름날 그늘 밖에 오랫동안 서 있을 때처럼 피부가 아프지도 않았다. 포근하고 다정하기만 했다.

창문을 활짝 열고 창밖으로 손을 내미는 사람도 있었고, 휴일에도 영업하는 카페를 방문했다 초록색 빛과 마주한 사람도 있었다. 이들은 카페 안에서 창밖을 기웃거리며 휴대폰으로 사진을 찍거나 밖으로 나와 적극적으로 빛을 쬐기도 했다. 초기에야 혹시 위험할 수도 있으니 빛을 맞지 말라고 했으나 이제는 눈이 내리는 풍경처럼 아름다울 뿐이었다.

20대 초 막차는 이미 끊겼고, 택시를 타기에는 수중에 돈이 없어서 터덜터덜 집까지 걸었던 적이 있었다. 겁이 많아 밤에 걷는 걸 무서워하는데도 너무 우울해서 무서움 따위는 아랑곳하지 않았던 날. 뺑소니를 당해도 아무도 모르겠다 싶을 만큼, 누군가 갑자기 뒤쫓아 오면 발소리로 알아차릴 수 있을 만큼 조용한 밤이었다. 차라리 무슨 일이 생기기를 바라는 마음으로, 너무 추워서 몸을 잔뜩 웅크리고 주머니에 손을 집어넣은 채 묵묵히 걸었다. 사고보다 얼어 죽는 게 더 빠르지 않을까 싶었는데 걷다 보니 열이 나 굽혔던 등을 점점 세우고 어깨를 펴게 되었다. 바닥만 보던 얼굴을 살짝 치켜들자 온화한 보름달이 눈에 들어왔고 찬 공기가 코끝을 스쳤다. 가슴이 크게 부풀어 오를 정도로 숨을 들이마시자 불을 켠 듯 정신이 맑아졌다. 왠지 모르게 눈물이 나왔다. 아빠가 살아 있었으면 데리러 와달라고 했을 텐데. 나는 밤하늘이 울릴 만큼 엉엉 소리 내 울다가 아빠가 보름달처럼 나를 지켜보고 있다는 생각에 손으로 눈물을 닦고, 양팔을 흔들며 씩씩하게 집으로 걸어갔었다.

초록색 빛에 휩싸여 들이마시는 공기는 그날의 밤공기를 연상시켰다. 마시고 뱉고 다시 마시는, 의식하지 않아도 자연스럽게 하는 행위를 천천히 하나하나 음미했다. 코로 공기를 마시면 폐가 조금씩 부풀어 오르며 가슴이 위로 솟고 어깨도 위로 솟았다. 뱉으면 어깨도 내려가고 가슴도 꺼졌다. 더 깊이, 온몸으로 마시고 싶어 이번에는 공기를 배부터 채운다는 이미지를 떠올렸다. 근육 하나 없이 말랑말랑한 배가 풍선처럼 동그래졌고, 가슴팍이 빠근해졌다. 더 채우고 싶은데 들어갈 공간이 없어서 답답했다. 부족해, 이걸로는 부족하다고. 그다음 숨에는 조금 더, 조금만 더 들이마시려고 노력했다. 가슴이 터질 것 같고 안간힘을 쓰느라 허리와 목 앞쪽이 아파왔지만 멈추지 않았다. 그러다가 어느 순간 전신이 탁 뚫리는 느낌이 들면서 시원해졌다. 그게 신체가 분리될 전조였을까. 알 수 없는 일이다.

나는 보란 듯이 검지를 떼어 손안에서 굴렸다가 붙이는 걸 반복했다. 이한이 말한 대로 누군가 찾아와 검사하러 가자고 할 줄 알았는데 아무도 오지 않았다. 그저 점심에 짬뽕과 탕수육, 유린기를 먹고 저녁으로 삼겹살과 물냉면을 맛있게 먹은 것 말고는 아무 일도 없었다.

내가 이곳에 적응하기를, 혹은 이 사람들과 가

까워져서 자신들을 향한 적의가 누그러지기를 기다리는 걸까. 며칠 동안 다른 사람들은 한 번씩 불려 갔는데 나는 여전히 내 방과 식당, 휴게실만 오갔다. 나 역시 넘어가지 않겠다는 마음으로 벽을 친 채 사람들을 대하고 있었다. 이들도 내게 몇 번 권하다가 내가 계속 혼자를 고집하니 말을 걸지 않았다. 그러나 정해진 시간에 같은 공간에서 밥을 먹는지라 뭐라 말하는지가 다 들렸고, 대강 어떤 사람들인지도 파악이 됐다.

김미영. 동네에서 미용실을 하던 분으로, 여기서 나이가 제일 많고 호탕했다. 아저씨는 누님, 다른 둘은 이모라고 불렀다. 아주머니에게는 스물아홉 살인 아들이 한 명 있는데, 남편과 사별하고 혼자 아들을 키우느라 자신이 억세졌다며 깔깔거렸다.

"이게 호캉스인가 뭔가 하는 그런 거 아니야? 아들이 서울로 취직해서 밥 안 차려줘도 되니까 좋았는데, 이제 내 밥도 안 차려도 돼. 더 좋아."

아주머니는 컨디션이 좋은지 왼쪽 무릎까지 온전히 분리한 다리를 들고 마사지를 하고 있었다. 무릎을 둥글둥글 문지르고, 종아리를 두 손으로 꾹꾹 눌렀다. 꽤 시원한지 표정이 부드럽게 풀어져 있었다.

“이렇게 주무르고 나면 오른쪽은 왜 분리가 안 되나 싶다니까.”

두 번째로 나이가 많은 아저씨는 술 좋아하는 호인이었는데, 지금은 술배가 나왔지만 젊었을 때는 잘생겼다는 소리를 종종 듣지 않았을까 싶었다. 넉살이 좋아서 아주머니를 누님이라 부르며 윈 다리가 분리된 아주머니 대신 물도 떠다 주고, 다 먹은 식판도 반납해주는 게 일상이었다. 아주머니와 나이가 비슷해 코드가 맞는지 식사를 한 후 휴게실에서 함께 드라마를 보거나 저녁 식사를 하며 아주머니와 반주를 하기도 했다. 때론 식당에서 술을 챙겨 방에 가서 혼자 마시는 날도 있었다. 아주머니가 잔소리를 하면 양을 줄일 때도 있긴 했는데, 맥주, 소주, 와인, 위스키 등 종류를 가리지 않고 구비돼 있는 통에 매일매일 술을 마시는 듯했다. 그래서 매일 아침 우리가 먹을 국 외에 콩나물국, 북엇국 등 해장

국이 고정으로 나왔다.

"아저씨는 간이 엄청 튼튼한가 봐요."

"그럼! 여기서 건강검진했는데 아무 이상 없대. 담배는 끊으면 돈 더 준다고 해서 끊었는데 술은 그런 말도 없고, 오히려 챙겨주니까 담배쯤 안 피워도 괜찮아. 여기가 천국이라니까."

오늘도 아주머니의 식판까지 반납한 아저씨는 믹스 커피를 타서 아주머니에게 내밀고는 왼 다리를 가져갔다. 아주머니가 오른 다리를 접어 주무르고, 아저씨는 아주머니의 왼 다리를 밀가루 반죽하듯 팍팍 주물렀다.

"내 다리로 수제비 만드냐?"

"수제비! 수제비 소리 들으니까 수제비가 생각나네. 현우야, 보드판에 해물 팍팍 넣은 수제비 해달라고 적어줘!"

"네, 네에!"

서현우는 알 없는 안경을 추켜올리고는 보드판 앞으로 갔다. 눈동자가 분리된 후로 시력이 좋아졌는데, 안경을 안 쓰는 게 너무 어색해서 안경테만 끼고 있다고 했다.

"내일 신가네매운떡볶이 매운맛으로 먹고 싶다고……? 별표 세 개? 매운 거 먹으면 속 버린다……니까요……."

서현우가 사람들을 살피다가 나와 눈이 마주쳤다. 그러다 떡볶이를 적은 게 나인 걸 알아차렸는지 목소리가 점점 작아지더니 해물 수제비를 옆에 적었다.

"큰 하나가 먹고 싶은 걸 적은 건 처음이네. 같이 먹어도 되지?"

나 혼자 먹더라도 떡볶이는 인원수 맞춰 5인분 이상이 준비될 테니, 아무나 퍼 먹어도 상관없었다.

"……그러세요."

"하나 덕분에 오랜만에 떡볶이 먹겠어. 현우야, 튀김도 적어라. 떡볶이 하니까 순대도 생각나네. 야채순대에 간 많이 달라고 적어줘. 내일 분식 파티네, 파티!"

"으……. 저는 수제비만 먹을래요."

서현우는 투덜거리며 등을 보인 채 보드판에 열심히 적었다. 그 옆에서 아주머니와 아저씨는 믹스 커피를, 이한은 초코 우유를 마시고 있었다. 아무리 경계하고 의심하려 해도 하루 종일 같은 시간, 같은 공간에서 밥을 먹고, 얼굴을 맞대고 있으니 그런 마음이 조금씩 허물어지는 건 어쩔 수 없었다. 게다가 이한의 말처럼 다들 좋은 사람으로 보여서, 철벽 치는 게 점점 더 어려워졌다.

나는 조용히 밥을 다 먹고 식판을 반납했다. 식당을 나오는 동안 이한과 눈이 마주쳤는데, 여전히 냉정한 내 모습이 마음에 들지 않는지 살짝 인상을 쓰고 있었다.

사실 여기 있는 사람들 중 가장 알쏭달쏭한 건 이한이었다. 가슴을 떼어놓고 다닌다는 건 여자아이라는 뜻일 텐데, 이한은 서현우를 형이라 부르고 나는 무어라 딱히 지칭하질 않았다. 저기, 그, 이렇게 지시 대명사로 부르거나 이모가 불렀어요, 형이 같이 보드게임할 사람 구하는데 하실래요 등 아예 용건만 말하는 식이었다.

다만 내 이름이 하나고 이한은 한이라서, 사람들이 하나, 한아, 하고 부를 때 종종 헷갈리는 일이 생겼다. 몇 번인가 동시에 답하는 일을 겪은 후 키는 한이 더 크지만 나이는 내가 더 많으니 나는 큰 하나, 한은 작은 한아라고 불리게 되었다. 내 동의를 구하지는 않았다. 저 사람들의 관계에 끼어들고 싶지 않았지만 어른이 부르는데 무시할 수는 없어서 답하다 보니 큰 하나와 작은 한아라는 명칭이 굳어졌다.

한은 밝고 명랑했다. 여기서 유일한 10대라 어른들이 귀여워해주기도 했지만, 원래 성격이 밝은 것 같았다. 윷놀이 할 때 너무 신나게 윷을 던져서 낙상하기도 하고, 화투를 칠 때는 초심자의 행운으로 스리고에 아주머니와 아저씨에게 피박, 광박까지 씌우기도 했다. 이한과 서현우는 둘이서 할 수 있는 게임을 종종 했다. 아주머니와 아저씨가 일일 드라마를 보며 욕할 때, 이한과 서현우는 잘 좀 하라고, 그걸 왜 못 피하냐고 서로를 구박했다.

"미안한데 혹시 생리대 있어요?"

"아……. 저, 그…… 제가 챙겨달라고 말해볼게요……."

다른 사람들과 있을 때는 잘 웃고 조잘조잘 떠들던 이한은 낯을 많이 가리는지 나랑 단둘이 되면 입을 조개처럼 다물었다. 다 같이 모여 대화를 할 때도 데면데면했다. 어찌나 어색한지 세 사람이 눈치를 볼 정도였다. 처음 왔을 때 나를 챙겨줬던 건 꿈이었나? 내가 마음속으로는 자기들을 계속 의심하고 있다는 걸 알아차린 걸까? 아무래도 상관없었다. 이 사람들에게 얻을 수 있는 정보는 이쯤이면 다 얻은 것 같았다. 슬슬 나를 여기로 납치한 사람을 만나고 싶었다.

낮잠을 자다가 점심을 먹으러 식당으로 갔다. 식탁을 행주로 닦은 다음 자리에 앉아 기다리자 열두 시가 되었는지 정면 벽이 창문처럼 약간 열리더니 배식대 위에 음식들이 착착 배치되었다. 우리에게 얼굴을 보여주지 않는 건 물론 말도 섞지 않을 것이라는 단호한 손짓은 이내 사라지고 벽은 원상 복구되었다.

이곳에선 방과 화장실은 각자가 청소하고, 식사 전후로 식탁을 닦는 건 그때그때 먼저 오는 사람이 하는 것이 보통이었다. 복도를 비롯해 식당, 휴게실 바닥은 로봇청소기가 담당했다. 여기서 얼굴을 맞댈 수 있는, 우리 외의 사람은 진료실의 의사와 의사를 지키는 경호원밖에 없었다. 그마저도 경호원은 우리와 대화가 금지돼 있어 대화가 가능한 외부인은 결국 의사라는 남자 하나뿐이라고 들었다.

혼자 앉아서 식사를 하고 있는데 네 사람이 식당으로 몰려왔다. 같은 테이블에 앉은 그들을 보다가 입을 열었다.

"저, 어떻게 하면 의사를 만날 수 있죠?"

묻는 말에만 마지못해 대답하다가 먼저 말을 건 건 처음이었다. 아주머니는 내가 갑자기 말을 걸자 눈을 동그랗게 떴다가 사람 좋게 웃으며 답했다.

"아이고, 한 번도 안 간 줄 몰랐네. 진료실에 가서 의사를 만나야 연구 수당을 주는데……. 손가락이, 그것도 하나만 떨어지니까 기훈이랑 겹쳐서 안 부르는 건가? 기훈아 너 꾀병 잠깐 부려봐. 큰 하나도 돈 좀 벌어야지."

"그럴까? 다음에 나 부르면 내가 배를 잡고 데굴데굴 구를게. 걱정 마!"

아주머니와 아저씨는 우연히 신체가 분리된 걸로 이렇게 몸 편하고 마음 편한 상태에서 돈 벌고 있는 게 오늘도 뼈빠지게 일하고 있을 자식과 동료에게 미안할 정도라고 했다. 도대체 얼마를 주는데 이러는 걸까? 이제 납치당했다는 말은 도무지 꺼낼 자신이 없었다. 가뜩이나 굴러온 돌이 모나게 행동하고 있는데, 평온하고 쾌활한 분위기를 망가뜨리고 싶진 않았다.

"진료실에 가면 뭘 하는데요?"

"가면 피검사하고, 잠은 잘 잤냐, 오늘의 분리 상태는 어떠냐, 아프진 않냐 이것저것 물어보고, 분리된 신체와 어느 정도까지 떨어져도 자의로 움직일 수 있는지 테스트하기도 하고……. 무섭지는 않아."

"아예 문밖으로도 가지고 나가나요? 우리 말고 복도를 돌아다니는 사람은 본 적 없는데."

"진료실 뒤쪽에 문이 있거든. 거기로 나가. 나는 손가락이 안 보여도 일정 정도는 움직일 수 있어. 의사 말로는 내가 잘린 손가락에서 가끔 환상통을 느껴서 그런 것 같대. 누님은 눈에 안 보이면 없어진 것처럼 아무것도 안 느껴진다고 했거든. 현우는 건물 밖까지 나가서는 여기서도 여전히 보이냐고 물어봤었대."

"왜 그런 걸 할까요?"

"응? 왜 한다고 했더라?"

"신체가 절단된 사람이나 장기이식이 필요한 사람한테 수술할 때 거부반응을 줄이는 방법을 연구 중이라고 했었잖아요. 성공하면 많은 사람에게 도움이 되는 아주 대단한 일이라고요."

절대로 협조하지 않겠다는 다짐과는 달리, 우리를 이곳에 모은 이유를 알게 되니까 머리가 복잡해졌다. 사람들은 의사를 만나는 대로 나도 진료를 보게 해달라 말을 하겠다고 했다. 그러나 CCTV를 통해 다 듣고 있었는지 식사 시간이 끝나자마자 의사가 먼저 나를 곧장 불러들였다.

검은색 양복을 입은 경호원을 따라 진료실로 들어갔다. 나를 안내한 경호원은 복도 쪽으로 나가는 문 앞에 서 있었다. 진료실 안에는 책상 뒤쪽 문을 지키는 경호원과 하얀 가운을 입고 있지만 전혀 의사처럼 보이지 않는 젊은 남자가 책상 앞에 앉아 있었다.

연구는 별거 없었다. 사람들이 말한 대로 피를 뽑고, 신체를 분리해보라 하고, 더 분리될 것 같지 않냐 물어보고, 경호원이 내 손가락을 가지고 진료실 밖을 벗어나기도 했다. 손가락엔 눈이 달려 있지 않으니 어디까지 가는지는 몰라도 차가운 겨울 공기의 감촉에 건물 밖으로 나갔다는 건 알 수 있었다. 손가락이 내게서 조금 떨어진 순간부터 손가락의 존재가 느껴지지 않는다고 말했으나, 믿지 못하는 것인지 손가락을 들고 밖으로 나간 경호원이 내 손가락의 손톱 밑을 뾰족한 걸로 찌르고 맞은편의 의사는 골똘한 얼굴로 나를 살피고 있었다. 나는 분리된 신체에서 감각을 느낄 수도, 유리시킬 수도 있었기 때문에 통증을 전혀 느끼지 않아서 아무런 반응도 하지 않았다.

"이하나 씨를 과격하게 모시게 되었다고 들었습니다. 제가 대신 사과드리겠습니다. 그런데도 이렇게 협조해주셔서 감사합니다. 대신 다른 분들보다 더 많은 금액으로 보상해드리겠습니다."

남자는 책상 위에 내 손가락과 계약서를 올려놨다. 말없이 손가락을 붙이고 계약서를 확인해보니 기본급은 5백만 원에, 일당은 50만 원으로 적혀 있었다. 평일 오전 아르바이트를 하면 한 달에 약 80만 원 정도를 받았는데, 이곳에서 2주만 있어도 천만 원 넘게 벌 수 있었다. 게다가 연구에 한 번 참여하는 특별수당은 백만 원이었다.

"계약서는 오늘 작성하지만, 이곳에 온 날짜부터 계산해드리겠습니다. 다른 분들보다 조건이 좋으니 비밀로 해주시길 바랍니다."

계약서에는 수당 말고도 연구에 협조하고, 기밀을 엄수하라는 내용들이 무섭고 어려운 문장으로 쓰여 있었다. 겁이 난다고 여기에 서명하지 않는다 해서 이곳에서 나갈 수 있는 것도 아니었다. 망설임 없이 계약서에 서명을 하고 진료실을 나왔다.

휴게실로 돌아오자 아주머니가 환하게 웃으며 잘 다녀왔냐고 반겨줬다. 오지랖 넓은 아주머니는 내가 아무리 벽을 쳐도, 그 벽을 훌쩍 넘어오곤 했다. 엄마가 살아 있었으면 저랬을까 싶은 다정한 아주머니와 마주하니 인정할 수밖에 없었다. 날 납치한 사람들과 이들은 전혀 다른 사람들이며, 혼자서만 밥을 먹는 게 내심 외로웠다는 걸.

"혹시 큰 하나가 밉보인 게 있어서 안 부르나 걱정했는데 다행이야. 여기에 있기만 해도 일당을 주지만, 그래도 연구에 잠깐 도움을 주는 것만으로도 수당을 더 주잖니. 이왕 온 거 돈 많이 벌어 가야지."

"그렇죠……. 많이 벌면 좋은 거죠."

엄마뻘 나이인 아주머니는 이런 내 마음을 알아차렸는지 미소 짓고는 평소보다 더 살갑게 말을 걸었다.

"이모는 여기서 번 돈으로 우리 아들 집 구하는 데 보태줄 거야. 취직해서 서울로 가긴 했는데…… 있는 돈으로 회사랑 가까운 곳에 집을 구해보려 해도 쉽지 않더라고. 나도 계속 일해야 하니까 미용실 보증금을 빼줄 수는 없잖아. 지금

집에서 출퇴근이 왕복 네 시간이래. 여기서 지금까지 3천만 원 정도는 벌었으니 조금만 더 모으면 약간 가까운 곳으로 전세는 구할 수 있지 않을까? 큰 하나는 어떻게 생각해?"

계약서에는 망설임 없이 서명했으면서, 관계를 맺을 생각이 없어 밀어내왔던 사람에게 맘을 터놓고 말을 주고받는 일에는 정작 용기가 필요했다. 나는 의자에 앉은 후 천천히 입을 열었다.

"……아들이 집 해달래요?"

"걔는 다 괜찮다고 하지. 괜찮아요, 괜찮아……. 집을 담보로 잡고 대출을 받을까 했는데 거절하더라고. 대출받아도 자기가 받는다고. 그냥 내가 뭐라도 해주고 싶어서 그런 거야. 남편도 없이 혼자 키우느라 힘들었지. 누가 아빠 없다고 흉볼까봐 더 엄하게 키웠는데, 착해서 내 마음을 알고 반듯하게 잘 자랐어. 우리 아들이 애인만 없었으면 큰 하나 소개시켜줬을 텐데."

"……."

"그래그래, 요즘 애들은 결혼 안 하고 혼자 산다는데, 큰 하나도 그런가 보지? 그렇지만 사람은 짝을 찾아 결혼하는 게 좋아. 내가 일찍 사별해보니 그래. 서로 의지하고 살 수 있는 사람이 있어야 든든하지 않겠어? 여기서 돈 많이 모아 놓고 나중에 좋은 사람 만나면 결혼할 때 보태. 내가 우리 아들한테 참한 아가씨 있다고, 소개시켜줄 남자 있냐고 물어봐줄 테니까. 스물여덟? 아홉이랬나? 아무튼 그러다가 금방 서른 돼. 손 놓고 있으면 기훈이처럼 된다."

"내가 뭐 어때서! 결혼 안 해도 돼. 날 봐라. 혼자 사니까 잔소리도 안 듣고 마시고 싶은 술 실컷 마시며 살잖냐."

아저씨는 보란 듯이 비싸 보이는 위스키를 얼음이 담긴 맥주잔에 콸콸 따랐다. 보기만 해도 취할 것 같았다. 아주머니는 못마땅한지 인상을 잔뜩 찌푸리더니 맥주잔을 뺏어 몇 모금 마셨다.

"왜 남의 걸 뺏어 마셔!"

"너 마실 거 내가 줄여주는 거다, 왜! 급성알코올중독으로 죽기 전에 적당히 마셔라!"

"누님, 여기에 의사가 있는데 내가 죽겠어? 죽어도 도로 살려놓지. 흐흐, 그리고 비싼 술 먹다 죽으면 호상이야!"

"어휴, 어쩌다 저런 놈을 알게 되어서는……!"

아저씨는 아주머니에게 다시 맥주잔을 건네받아 술을 마셨다. 아주머니는 안줏거리를 챙기겠다며 팬트리로 향했다. 나한테 할 말은 끝난 것 같아 방으로 돌아가려고 했는데 어느새 서현우가 다가와서 조심스럽게 소곤거렸다.

"내가 들어올 때부터 저랬어요. 그래서 한이랑 이모랑 아저씨랑 가족인 줄 알았다니까요."

초록색 빛이 처음 내려온 게 약 세 달 전이니 매우 빠르게 사람들을 조사하고 모은 것이었다. 해외에서도 초록색 빛이 쏟아졌는데 내가 알지 못한 건지, 아니면 우리나라에서만 이런 일이 벌어진 건지는 모르겠다. 만약 우리나라에서만 초록색 빛이 내리쬐었고, 초록색 빛을 맞은 사람 중에서도 극소수만 신체가 분리되는 것이라면 연구할 가치가 있을지도. 들은 대로 거부반응을 줄여 많은 이를 도울 목적이라면, 도대체 누가, 왜 이런 일을 비밀리에 하는 걸까. 나라에서? 기업에서? 연구소에서? 돈 많은 사람이 취미로?

이곳에 있는 물품들은 질이 좋았다. 침대는 내 자취방에 있는 것보다 몸을 잘 받쳐줬고, 매일매일 쓰는 비누에서는 은은한 꿀 냄새가 났다. 휴게실에 있는 의자는 방석이 탄탄하면서도 푹신해 오래 앉아 있어도 엉덩이가 아프지 않았으며 TV는 당연히 크고 화면이 선명했다. 식사를 비롯한 간식들도 다 맛있을 뿐만 아니라 건강을 신경 쓴 티까지 났다. 우리가 이 생활에 만족해서 의문을 느낄 틈도 주지 않겠다는 듯이. 아프면 안 된다는 듯이.

"서현우 씨도 여기 온 지 꽤 된 것 같은데 가족들이 걱정하지 않아요?"

"괜찮아요. 어차피 공무원 시험 붙기 전까진 죽었다 생각한다고 해서 연락 안 한 지 오래거든요. 제가 여기 있는지도 모를 거예요. 결과 발표 날에나 붙었냐고 연락 올걸요."

자세히 말하지 않아도 표정과 말투에서 넌지시 알게 되는 게 있다. 가족과 사이가 좋지 않다는 것. 그럼에도 불구하고 서현우는 가족을 사랑한다는 것. 가족이 있을 때 잘하라는 말이 목 끝까지 차올랐으나, 가까스로 다른 말을 했다.

"그럼 공무원 시험 준비 잘하세요."

"그게 실은…… 여기서 나가면 대기업 특채로 붙여준다고 했거든요. 돈도 돈인데, 그것 때문에 여기 들어온 거죠. 다들 공무원, 공무원 해도 대기업이 공무원보다 월급도 훨씬 많이 받고, 다른 사람들에게 말할 때 자랑스럽잖아요. 형도 못 들어갔는데 내가 들어가면 부모님이 엄청 좋아할 것 같아요."

"대기업? 어딘데요?"

"비밀인데……."

"우리끼리도 비밀로 해야 할까요? 더 올 사람도 없는 것 같고, 어차피 우리 같은 사람은 우리밖에 없는데."

나는 서현우 보란 듯이 검지 한 마디를 떼었다가 붙였다. 서현우도 자기 눈동자를 빼서 그걸 자신의 얼굴과 마주 보게 들었다. 지금 서현우는 어떤 방식으로 세계를 보고 있을까.

"그러게요. 우리 같은 사람은 우리밖에 없는 것 같네요……."

서현우는 눈동자를 집어넣고 입을 가린 채 내 귓가에 속삭였다.

"제우스."

제우스. 이곳을 만든 건 제우스였다. 제우스라는 말을 듣자마자 이곳으로 납치된 날 봤던 동영상이 떠올랐다. 자선 행사 중 쓰러진 제우스 그룹의 후계자는 태어날 때부터 심장이 약했다고 했다. 후계자가 심장이식 수술을 받아야 하는 걸까. 그 부작용을 최소한으로 줄이기 위해 우리를 모아 연구하는 건 아닐까. 제우스 그룹 회장은 돈이 차고 넘치니 충분히 가능한 일이었다. 그 돈이면 우리에게 주는 수당과 이 풍족한 환경도 모두 설명이 된다.

제우스는 법 위에 선 회사였다. 돈으로 법망을 요리조리 피해 다니면서도 한편으론 돈이 되는 일이라면, 힘을 행사할 수 있는 곳이라면 여기저기 손을 뻗는 기업이기도 했다. 다행인지 불행인지 제우스의 회장은 이기적이면서도 냉정한 자라 사람들을 너무 옥죄면 터진다는 걸 알고 있었다. 높은 급여, 좋은 복지, 적당한 대우는 사람들이 선망하기에 더할 나위 없는 조건이었다. 너도나도 알아서 개처럼 일하고 싶어 할 뿐만 아니라 반기를 드는 개는 자기들끼리 알아서 밟을 수도 있을 정도로.

사람 하나 죽어도 기사 한 줄 없이 조용히 묻히고, 사람 목숨값은 적당한 돈으로 치르고, 공장은 아무렇지 않게 돌아간다. 위로금과 피해 보상금을 줘서 고맙다고 해야 하나? 그러나 돈을 주면 뭐 할까, 아빠가 집으로 돌아오지 않는데.

억 단위의 위로금과 피해 보상금, 그리고 이곳의 지나치게 좋은 시설과 2주만 머물러도 쌓이는 천만 원……. 남의 부모 죽음은 돈으로 덮더니 이번엔 자기 딸을 살리기 위해 사람을 돈으로 휘두르는 걸 보니 웃음만 나왔다.

서현우는 내가 제우스라는 초거대 기업이 연구를 주관한다는 데 안심해서 웃는 줄 알았는지 따라 웃었다. 게다가 둘만의 비밀을 공유해 더 친밀해졌다고 생각하는지 신체 거리감을 한껏 좁혀왔다.

"어떤 기업이 실험에 참여한다고 이렇게 많은

돈을 주겠어요. 그런 데다가 취업까지 책임져준다는 게 말이 돼요? 하나 씨도 다음에 취업도 가능하냐고 물어봐요. 제우스에서 3년만 버티면 어딜 가도 환영해주잖아요."

그 3년이 지옥일 수도 있다는 말이 머릿속을 맴돌았다. 창고에 책상 하나 넣어주고 당신 자리라고 할 수도 있었다. 사무직인지, 현장직인지, 2교대나 3교대 스케줄을 마구잡이로 짜는 건 아닌지, 갑자기 지구 반대편으로 발령 나는 건 아닌지, 기본급 없이 인센티브로만 월급으로 준다고 하는 건 아닌지 같은 건 상상해본 적 없냐고 묻고 싶었다. 하지만 서현우의 눈이 너무 반짝반짝해 고개만 끄덕인 후 피곤해서 방으로 돌아간다 하고 일어났다.

그 후로 평화롭고 일상적인 날들이 이어졌다. 먹고 싶은 음식을 요청하고 누군가가 진료실에 다녀오고, 모여서 드라마를 함께 보는 날들. 사람들과의 거리도 조금 더 가까워졌다. 평소처럼 아침을 먹기 위해 식당에 갔더니 작은 한만 빼고 다 와 있었다.

“늦잠 잤네. 벌써 밥 다 치웠는데.”

“빵 먹으면 돼요. 한이는요?

“아침부터 진료실 갔다 왔어. 작은 한이는 진료실 가는 날이면 잘 안 먹거든. 방에서도 잘 안 나오고. 내일 아침에야 얼굴 볼 수 있을 거야.”

나는 고개를 끄덕이며 어깨 스트레칭을 했다. 양어깨를 한 바퀴 돌리는데 왼쪽 어깨 아래로 팔이 분리될 것 같았다. 오른손으로 왼손 어깻죽지를 가볍게 주무르자 불안정한 어깨가 다시 아무 일 없었다는 듯 붙었다.

“몸이 뻐근해? 위층에 작지만 목욕탕이랑 헬스장도 있어. 온탕, 냉탕, 습식 사우나까지 있더라고. 하나는 한 번도 가본 적 없지? 그래, 우리 같이 가자. 의사 선생님한테 목욕탕 준비해달라고 할게. 내가 하나 등 밀어주고, 하나는 내 등 밀어주고. 어때?”

“위층에 그런 게 있어요?”

“응. 진료실 뒷문으로 나가면 위로 올라갈 수 있어. 경호원이 앞에서 지키고 있기는 해도, 안에는 안 들어와. 혼자 쓰기 그래서 나도 두 번밖에 안 가봤는데, 하나가 있으니 좋다. 미리 말해야 물을 준비하니까, 오늘 말해둔다?"

"저는 괜찮아요. 작은 한이랑 가세요."

식탁 위로 순식간에 침묵이 내려앉았다. 알몸을 다른 사람에게 보이는 게 부끄럽다거나 흉터가 있어 목욕탕을 가지 않는 사람도 있으니 크게 이상한 일은 아니었는데, 아주머니와 아저씨, 서현우가 서로 눈치만 살피는 모습이 뭔가 이상하긴 했다. 내가 눈을 가늘게 뜨고 세 사람을 번갈아 바라보자 어색하게 웃거나 식판을 보는 척 시선을 피했다. 그러다 아저씨가 물을 벌컥벌컥 마시더니 입을 열었다.

"꼴랑 다섯 명 있는데 눈치 보느라 이게 뭐냐, 응?"

그러자 아주머니가 아저씨의 팔뚝을 찰싹 내리쳤다. 생각보다 아팠는지 아저씨가 맞은 곳을 문질렀다.

"가만히 있으라고 했지! 작은 한이가 어련히 알아서 하겠지, 네가 왜 입을 놀려, 왜."

"아니 그래도 사이에 낀 우리가 불편하잖아! 같이 지낸 게 며칠인데 한이도 아직까지 말 안 하고 말이야. 왜 그러는 거야?"

"아휴 진짜……. 하나야, 작은 한이 진료실 다녀온 날에는 식당으로 오지는 않지만, 간식거리를 가져다주면 먹거든. 네가 가져다줄래? 대화하면 좋고, 아니어도 괜찮은데."

영문을 알 수 없었지만 아주머니의 조심스러운 부탁을 듣고 사람들의 기색을 살폈다. 내가 거절할까 걱정하는 표정이었다. 적당한 거리감을 유지하려 했는데, 이곳은 너무 폐쇄적이고, 그런 곳에서 내내 긴장 상태로 있는 건 지치는 일이었다. 게다가 열여덟 살의 어린 나이에 이곳에 있는 한이 신경 쓰이긴 했다. 나는 한숨을 삼키며 고개를 끄덕였다.

"그래그래, 잘 생각했어. 내가 바로 만들어줄게. 참치 캔 있으니까 그걸로 주먹밥 만들면 되겠다. 넉넉하게 만들 테니 둘이 같이 먹어."

아주머니는 한쪽에 있는 세면대에서 손을 닦은 다음, 팬트리에 늘 구비되어 있는 참치 캔과

즉석 밥, 볶음김치 캔, 김으로 주먹밥을 뭉쳤다. 주먹밥이라고 했지만 젓가락으로 먹기 편하게 한 입 크기로 동글동글 정성스럽게 만들어주셨다. 나는 그 주먹밥과 물을 챙겨 이한이 머무는 204호 앞에 섰다. 방마다 따로 벨이 달려 있진 않아서 똑똑 문을 두드렸다.

"한아, 주먹밥 가져왔어."

대답이 없어서 한 번 더 두드렸지만 인기척조차 없었다. 자고 있는 걸까? 주먹밥을 가지고 돌아가야 할지, 문 앞에 두고 가야 할지 망설이는 사이에 조용히 문이 열렸다. 햇빛이 환하게 들어올 시간인데 방 안은 어두컴컴했다. 암막 커튼 탓에 어두운 걸 텐데도 한의 무겁고 깊은 어둠이 펼쳐진 듯한 느낌이었다.

아빠를 사고로 잃은 내 열여덟 살이 떠올라 몸이 저절로 움직였다. 팔을 뻗어 문을 활짝 열었다. 갑작스러운 행동에 당황했는지 한이 뒷걸음질 쳤다. 나는 한이 뒷걸음질 친 만큼 더 가까이 다가갔다. 한은 뒤로, 나는 앞으로 몇 걸음 걷자 어느새 둘 다 한의 방으로 들어와 있었다. 나는 아무 말도 못 하는 한을 뒤로하고 창가로 가서 커튼을 걷었다. 환하게 들어오는 빛을 받으며 한에게 말했다.

"우리 주먹밥 먹자."

한의 방에는 내 방과 똑같이 침대와 서랍장, 화장실 문, 나무가 보이는 창이 있었다. 한이 따로 요청했는지 책상과 의자, 책장도 있었는데 문제집과 소설책, 노트 등이 책장에 가지런히 꽂혀 있었다. 침대 위에 있는 이불도 잘 정리된 걸 보니 깔끔한 성격인 것 같았다. 방은 1인 공간이라 두 사람이 나란히 앉아 식사할 만한 식탁과 의자는 없었다. 나는 바닥에 앉아 쟁반을 내려놨다. 한은 주춤거리다가 자기 혼자 침대에 앉을 수는 없다고 판단했는지 바닥에 마주 앉았다. 시선이 마주치고 침묵이 흘렀다. 나는 한 앞에 젓가락을 놓아주고 주먹밥을 먹었다. 내가 묵묵히 먹기만 하자 한도 젓가락을 들어 주먹밥을 입에 넣었다.

"햇빛 알레르기 있는 거 아니면 낮에는 커튼 걷고 있어. 여기선 밖에 나가 산책도 못 하는데 이렇게라도 햇빛을 맞아야지."

잔소리라는 걸 알면서도 할 수밖에 없었다. 그때의 나에게도 이런 말을 해주는 어른이 있었기에 지금의 내가 있다는 걸 시간이 지나서 알게 되었으니까.

"평소에는 안 그래요. 진료실 다녀온 날만 이러지……."

"혹시 그 남자가 이상한 짓 해?"

"아뇨, 그런 게 아니라……."

"도움이 필요하면 말해. 내가 언니니까 하고 싶은 말 있으면 다 들어줄 수 있어."

"그냥 제 몸이 너무 싫어서 안 보려고 가리는 거예요……."

갑자기 한의 눈에서 눈물이 뚝뚝 떨어졌다. 나는 당황해 책상 위에 있는 티슈를 뽑아 한에게 건넸다. 얇은 티슈가 순식간에 흠뻑 젖어서 몇 장 더 건넬 수밖에 없었다.

"죄송, 죄송해요……. 왜 눈물이, 제가 울고 싶은 게 아니라, 놀라셨죠. 죄송해요."

사과를 하면서도 한의 눈에서는 하염없이 눈

물이 샘솟았다. 본인도 당황스러운지 쩔쩔매며 손으로 눈물을 닦았다. 티슈를 더 뽑아주려고 했는데, 다 썼는지 나오는 게 없었다. 내 방처럼 생활용품이 서랍장에 있을까 싶어 열어봤더니 티슈 대신 봉긋한 무언가를 덮고 있는 수건을 발견했다. 이것만 왜 정리해놓지 않았을까 싶어 수건을 들어보자 브래지어가 있었다. 그리고 그 아래에 있는 건 누가 봐도 사람 피부였다. 무거워서 놓고 다닌다더니, 허락받지 않고 서랍을 연 게 미안했다. 얼른 그 옆에 있는 두루마리 휴지를 꺼내고 서랍을 닫았다. 다리 사이에 얼굴을 묻고 있어 얼굴에 열이 올랐는지, 한의 얼굴이 붉었다.

"탈수 오겠어. 그만 울어."

생수를 건네자 한은 눈물 자국이 가득한 얼굴로 단숨에 마셨다.

"전 가슴이 싫어요……. 싫다 못해 혐오스러워요. 가슴이 점점 커질 때마다 칼로 도려내는 상상을 했어요. 그래서 제 가슴이 분리됐을 때 기쁘고 홀가분한 나머지 울었어요. 평소에도 가슴을 꽁꽁 싸매고 다녀서 가슴을 집에 두고 다녀도 아무도 모르더라고요. 근데 엄마가 제 방 청소를 하다가 가슴을 발견한 거예요. 전 너무 좋았는데……, 엄마가 기절했대요. 제가 미쳐서 가슴을 잘라낸 줄 알았대요. 저를 데리고 이 병원 저 병원 돌아다니시더라고요. 그러다 연구소에서 사람이 찾아왔어요. 신체가 분리되는 걸 알고 있다, 연구에 협조하면 사례금을 주겠다, 시간을 뺏긴 만큼 대학 입시에 도움이 될 서류도 마련해주겠다, 혹은 원하는 대학 중 자기들이 입학시킬 수 있는 곳은 바로 입학시켜주겠다……. 엄마는 제 문제도 해결해주는 데다가 대학까지 보내준다니 좋다고 보냈죠."

나는 말없이 듣기만 했다. 가만히 들어주는 건 내가 잘하는 일이었다. 한의 눈물도 점점 잦아들어서 다행이었다.

"언니라고 부르는 게 싫었어요."

"아! 그러면 너 편한 대로 불러. 그, 저, 아니면 큰 하나라고 불러도 되고."

"그게 아니에요. 호칭의 문제가 아니라고요."

"그러면?"

"돈 벌면 수술할 거예요. 내 원래 모습으로, 남자로요. 내가 선택한 이한이라는 이름으로요."

작고 연약하게 소곤대던 목소리가 또렷하고 선명해졌다. 눈은 별처럼 반짝거렸고, 그 말을 하는 입술에는 자연스러운 미소가 걸렸다. 아주 간절히, 오랫동안 바랐다는 듯이. 말을 하기만 해도 행복하다는 듯이.

한은 입을 다물고 나를 샅샅이 관찰했다. 내 눈썹이 어떻게 움직이는지, 내 눈동자가 흔들리지는 않는지, 내 입이 놀라서 벌어지지는 않는지, 긴장해서 침을 꿀꺽 삼키지는 않는지, 당혹스러워서 어깨에 힘이 잔뜩 들어가지는 않았는지 살피는 것처럼.

나도 한을 관찰했다. 아주머니가 얼마 전 단정하게 잘라준 짧은 머리카락 아래로 숱이 많고 진한 눈썹과 크고 유순한 눈동자가 있었다. 눈을 감았다 뜰 때마다 긴 속눈썹이 팔랑거렸다. 얼굴에는 군데군데 여드름 자국이 있었지만, 이곳에서 잘 먹고 잘 잔 덕인지 피부가 뽀얗고 생기가 넘쳤다. 우뚝 솟은 코와 달리 볼은 동그스름했다. 아마 젖살이겠지. 자세가 반듯해서 거북목도 없었고, 어깨가 말려 있지도 않았다. 키도 크고 뼈대가 있어서 같은 옷을 입었는데도 태가 났다. 여자라고 생각하면 잘생겼고, 남자라고 생각하면 예쁘다고 할 수 있는 분위기였다.

가슴을 분리할 수 있으니 지금도 괜찮지 않느냐고 묻거나, 사춘기라서 혹은 공부하느라 지쳐서 그런 건 아니냐는 말은 하고 싶지 않았다. 나이가 들면 생각이 바뀔 수 있지 않을까라며, 지금 결정하기에는 너무 어리지 않느냐고 말리고 싶지도 않았다. 한은 여전히 나를 뚫어져라 바라보고 있었다.

결혼은 언제 할 거냐, 취업 준비는 하고 있냐, 평생 아르바이트만 하고 살 수 있을 것 같냐, 취집하는 게 꿈인 거냐, 요즘엔 남자들도 맞벌이하길 원하는데 무슨 배짱이냐, 부모가 돌아가셨으면 더 열심히 살아야지 삶을 포기한 거냐, 모아둔 돈도 없으면서 그러다 아프면 어쩌려고 그러냐…… 등의 말을 많이 듣는다. 걱정으로, 잔소리로, 비아냥거리며, 우월감에, 한심함에, 좋은 마음으로, 안쓰러워서, 저주하듯이 각양각색으로 말을 한다. 그러면 나도 친절하게, 아무렇지 않게, 무심하게, 재수 없게, 싸가지 없게, 너나 잘하라고 비웃으며, 무시하며, 지긋지긋해하며 대꾸했다.

열여덟 살일 때는 무엇이든 하라고, 하고 싶은 걸 하라고, 먼저 떠난 부모님 생각해서 행복하게 살라고 했던 사람들이 스물여덟 살인 나에게는 정해진 길을 가라고, 먼저 떠난 부모님이 부끄럽지 않겠냐고 잔소리하면서 호통을 쳤다. 난 충분히 행복한데도.

"그렇구나. 이제 그만 울고 주먹밥 먹어."

"네?"

"울어서 배고프잖아. 내가 다 먹겠다."

"제 말…… 들은 거죠?"

"응. 네 원래 모습을 찾고 싶다며."

"그런데 할 말이 그것밖에 없어요? 뭐? 주먹밥 먹을래? 혐오하지 않은 건 고맙지만, 무시당하는 것도 싫어요. 난, 여기 존재한다고요."

한의 표정이 매서워졌다. 얼마나 울었는지 얼굴이 불어터진 만두 같았지만, 눈빛만은 형형했다. 그건 자신이 누구인지 확고하게 알고 있으며, 자신을 지우려는 이와 싸우겠다는 의지로 가득한 사람의 눈빛이기도 했다. 불안해하며 흔들리더라도 그런 마음까지 끌어안고 서 있는 사람.

"트렌스젠더를 보는 건 처음이라서 당황스럽기는 해. 솔직히 조금 많이……?"

홀로 남겨졌던 열여덟 살의 내가 떠올라 한을 신경 쓰게 되었지만, 한은 그때의 나보다 훨씬 단단한 것 같아 안심도 되고 부럽기도 했다.

"그렇지만 이미 존재하고 있잖아? 내 눈앞에 너처럼."

이런 말을 들을 줄은 몰랐는지 한의 눈이 더 커지고 입이 동그랗게 벌어졌다. 그제야 제 나이 같아 보이는 얼굴에 설핏 웃음이 나왔다. 충분히, 아니 차고 넘치게 걱정과 고민과 불안의 낮과 밤을 보냈을 한에게 같이 지내는 사람이 자신을 혐오하지는 않을지에 대한 생각까지 얹어 주고 싶지는 않았다.

열여덟 살은 누군가의 도움을 받아도 되는 나이니까. 내가 다른 사람의 보살핌을 받아 무사히 성인이 된 것처럼, 한도 그러길 바랐다. 나중에 어른이 된 한이 다른 사람을 도울 수 있다면, 그 또한 좋은 일이니 말이다.

"오히려 피 한 방울 없이, 통증 없이 신체가 분리되는 게 더 놀랍지 않을까? 우리는 다 이상하다고."

나는 보란 듯이 검지를 떼어냈다가 도로 붙였다. 그러자 한의 얼굴에 희미하게 남아 있던 두려움이 걷히며 눈이 반달처럼 접히고, 동그랬던 입도 가늘어지면서 호선을 그렸다. 한이 여자이든 남자이든 웃는 게 예쁘다는 건 변하지 않는 사실이었다.

"그래서 계속 분리하고 있는 거야? 아프거나 불편하진 않아?"

"전혀요. 다른 분들은 분리해도 감각을 느낀다는데, 저는 잘 못 느껴요. 정말…… 제 몸이 아닌 것 같아서 그런가 봐요."

나와는 다른 점이었다. 나는 내 몸이 어디 있

든, 거기에 있다는 걸 알았다. 지금껏 집에서만 신체를 분리하다 이곳에 와서야 건물 밖까지 손가락을 보내봤지만, 그보다 더 멀리 떨어져 있어도 존재를 느낄 수 있으리라는 걸, 안다.

"오히려 진료실에 가서 가슴을 붙이고 있으면 기분이 더러워요. 더럽고 이상한 게 몸에 묻은 것 같고, 갑자기 이런 능력이 사라져서 가슴이 계속 붙어 있을 것 같아 무섭고요. 그래서 가끔 저걸 집어 던지고 싶어질 때가 있어요. 발로 밟아 터뜨리거나……. 이곳에 오기 전에 없애버릴 걸 그랬나 봐요. 빨리, 더 빨리 진짜 제가 되고 싶어요."

"그래, 그럴 수 있을 거야."

저녁 시간 무렵 한이 식당에 모습을 나타내자 식판에 밥을 담으려고 서 있던 사람들은 웃으며 반겨줬다. 나에게 건넨 맛있게 먹으라는 말을 듣곤 우리 사이가 더는 불편하지 않다는 걸 알고 박수까지 칠 정도였다.

"이왕 이렇게 된 거, 우리도 밝히마. 나랑 누

님, 연애한, 악, 누님, 아파요, 아, 그만 때려요!"

"주책이야, 주책! 뭐 대단하다고 말을 해!"

"말만 안 했지, 애들도 대충 알겠구먼! 그치?"

아주머니는 얼굴을 붉힌 채 주책이라며 아저씨의 등을 때리면서도 얼굴에는 생기가 가득했다. 사랑에 빠진 얼굴이었다. 이제 말했으니 숨기지 않겠다는 듯 아저씨는 자신을 때리는 아주머니의 손을 잡고 씨익 웃었다. 서현우는 냉장고에서 술을 잔뜩 꺼내 식탁 위에 올렸다.

"우리 파티해요."

"그럴까? 오늘 파티다, 파티!"

사람들은 내가 방으로 돌아갈까 나를 슬쩍 바라봤다. 처음 이곳에 왔을 때부터 나를 살뜰히 챙겨주던 김미영 아주머니, 내가 불편하지 않게 선을 지키면서도 넉살 좋게 대해주는 조기훈 아저씨, 동갑이라 그런지 내게 은근한 친밀감을 표하는 서현우, 나를 보며 맑게 웃고 있는 한까지. 나는 망설이다가 고개를 끄덕이고는 의자 하나를 챙겨 네 사람이 늘 앉던 식탁에 놓았다. 아주머니…… 이모와 아저씨는 콧노래를 부르며 파티를 준비했다.

오늘의 메뉴는 술안주로 하기 좋은 어묵탕, 숯불 닭갈비, 소시지 야채볶음, 촙스테이크, 갓김치였다. 정해진 식사 시간이 지나면 음식들이 바로 정리되기 때문에 식판에 메뉴를 하나씩 왕창 담아 가운데 두고, 각자 먹을 만큼 앞접시에 퍼서 올려놨다. 한의 자리에는 수저와 앞접시만 있었는데 아저씨가 술잔을 내려놨다.

"작은 한이도 마시고 싶으면 마셔. 술은 어른한테 배우는 거야."

이모와 아저씨가 나란히 앉고, 한이 맞은편에 앉았다. 한의 옆자리는 당연히 현우라고 생각해서 내가 옆 식탁에서 끌어온 의자에 앉으려 했는데, 한이 슬그머니 나를 불렀다.

"여기 앉아요, ……누나."

"어머 어머, 둘이 무슨 이야기를 했길래 이렇게 친해졌대?"

"이름 비슷하다고 그러는 거야?"

사람들이 놀려서 얼굴이 붉어졌는데도 한은 꿋꿋하게 자기 옆에 앉으라고 손짓했다. 나는 웃으며 한의 옆에 앉고, 현우도 자리를 잡고 앉았다. 각자의 잔에 맥주, 소주, 와인 등 마시고 싶은 걸 따르고 잔을 부딪쳤다. 우리의 미래를 위하여, 이모와 아저씨의 사랑을 위하여, 현우의 취업과 작은 한의 대입을 위하여, 내가 마련할 아파트를 위하여, 우리의 건강을 위하여 건배하고 건배하길 반복했다. 술이 들어가니 급속도로 분위기가 풀리고, 벽이 사라지고, 친밀함이 샘솟는 것 같았다.

"그런데 진짜, 진짜 이상하지 않아요? 제가 이상하지 않아요?"

한의 술버릇이 말한 걸 또 말하는 것이라는 걸 이번에 알았다. 본인도 몰랐겠지. 술을 처음 마셔본 걸 테니까. 처음에는 나를 붙잡고 누나라고 불러도 돼요? 누나는 제가 괜찮아요? 진짜요? 몇 번이고 묻더니 이제는 아저씨를 붙잡고 끝없이 물었다. 이모는 자기 아들과 동갑인 현우의 미래를 걱정하고, 현우는 이모가 자기 엄마였으면 좋겠다고 푸념을 늘어놓았다.

"나는 아직도 가끔씩 이미 잘린 손가락이 아

파. 없는데 아프다니까? 그러니까 그 뭐야, 네가 고추가 없어도 고추가 있는 것처럼 느낄 수도 있지. 수술하는 데 돈 많이 들지 않냐? 근데 네 가슴은 똑 떨어지잖냐. 돈 굳었다, 돈 굳었어!"

아저씨는 돈이 굳었다는 게 기쁜지 만세삼창을 했다. 그러더니 축하 노래를 해야 한다며 벽 한쪽에 있는 기타를 꺼내 들고 왔다.

"아, 맞다. 나 손가락이 없어서 못 치지. 하나야, 네 손가락 좀 빌려줘라."

"여기요."

나는 검지와 중지를 똑 떼어 아저씨에게 건넸다. 내가 검지만 떨어진다고 말했던가? 술에 취해서 그런지 기억이 오락가락했다. 그러나 이미 내 손가락은 아저씨의 비어 있는 손가락 자리를 어색하게 차지한 뒤였다. 이질감도 불편함도 느껴지지 않았다. 그것은 내 손가락이면서 동시에 아저씨의 손가락이었다.

"손가락이다! 나도 손가락 있다!"

아저씨는 손을 쥐었다 폈다 하더니 내 검지를 코로 가져갔다.

"내 손가락으로 코 파지 마세요!"

"너무하네. 오래간만에 코 한번 시원하게 파보나 했는데……. 그럼 기타를 쳐야지."

마디가 굵고 피부가 거친 아저씨의 손가락과 가늘고 긴 내 손가락이 기타를 잡고 움직였다. 몇 번 가볍게 튕겨보더니 아저씨는 이내 노래를 시작했다. 즐겁고 신나는 노래를 부를 줄 알았는데 내가 전혀 모르는, 느리고 나지막한 노래를 불렀다. 평소 목소리와는 다른, 다정하고 따뜻한 음색이었다. 아저씨와 비슷한 나이대인 이모는 아는 노래인지 후렴 부분을 따라 흥얼거렸다. 그러자 아저씨가 이모를 바라보며 살며시 웃었다. 노래를 잘 부르니까 텁수염이 수북한 아저씨가 괜스레 잘생겨 보였는데, 아저씨를 좋아하는 이모 눈에는 어떻겠는가. 이모는 얼굴을 붉힌 채 시선을 돌렸다.

"가수가 꿈이었다더니, 진짜였네……."

"누님, 내가 누님한테 거짓말하는 거 봤어? 손가락만 멀쩡했어도 가수 할 수 있었다니까. 젊었을 때는 잘생겼다는 소리도 자주 들었다고. 가수로 활동만 했으면 유명해졌을걸!"

간만에 기타를 치며 노래를 불러서 기분이 좋은지, 돌이킬 수 없는 시간들이 아쉬운지, 아저씨는 술을 연거푸 마셨다. 내 손가락은 아직 아저씨에게 붙어 있었다. 나는 손가락이 비어 있는 손으로 술잔을 잡고 아저씨와 건배를 했다. 이모와 한과 현우와도 연신 잔을 부딪쳤다.

"행복해, 아주 행복해. 지금 죽어도 여한이 없을 만큼!"

아저씨는 기쁨에 겨워 소리치고는 술을 물처럼 마시면서 기타를 치고 노래를 불렀다. 아저씨를 말리던 이모도 노래를 신청하고 있었다. 내가 아는 노래, 어디선가 들어본 노래, 모르는 노래가 뒤섞여 술자리를 흥겹게 만들었다. 우리는 노래를 부르며 춤을 췄다. 숟가락으로 식탁을 두드려 박자를 맞추고 한 손으로 상대방을 빙그르르 돌렸다. 값비싼 샴페인이 뻥 소리와 함께 천장으로 솟구치며 우리를 적셨다. 무척이나 즐겁고 꿈만 같은 시간이었다.

눈을 뜨니 내 방이었다. 가만히 누워 있는데도 천장이 빙글빙글 도는 느낌이었다. 머리가 지끈거려서 오른손으로 머리를 짚는데 어딘가 허전했다. 눈앞에 손을 펼쳐보니 검지와 중지가 비어 있었다. 어제 아저씨에게 빌려주고 돌려받지 못한 것이었다. 근처에서 손가락이 느껴지는 걸로 보아 아저씨는 아직 방에 있는 것 같았다.

어제 그 난장판을 관찰했을 테니 내가 손가락 한 개가 아니라 두 개를 분리했다는 걸 알았을 테지. 이모가 발목에서 무릎 아래까지 컨디션에 따라 다르게 분리되는 것처럼 나도 그렇다고 여길까? 아니면 거짓말했다고 볼까? 변명은 나중에 생각해도 되니까 제발 얼큰한 콩나물국이 나오면 좋겠다.

잠시 끙끙거리다 겨우 침대에서 일어났다. 손가락이 이동하는 걸로 봐서 아저씨도 일어나 식당으로 가는 것 같았다. 찬물로 세수를 한 다음 방을 나왔는데 넋이 나간 듯한 울음소리가 복도에 울리고 있었다. 활짝 열린 202호 방문 앞에 이모가 주저앉아 가슴팍을 퍽퍽 두드리는 게 눈에 들어왔다. 술이 확 깼다.

"정말 서방 잡아먹을 팔자라는 게 있는 걸까? 응? 그런 거야?"

"무슨 일이에요?"

나는 뒤늦게 나오는 현우에게 이모 곁에 있으라고 눈짓을 하고선 내 손가락이 느껴지는 곳으로 뛰어갔다. 드르륵드르륵, 바퀴 달린 무언가가 지나가는 소리가 점점 선명하게 들려왔다. 진료실 문 앞까지 가서야 선글라스와 마스크로 얼굴을 꽁꽁 가린 경호원들이 멈췄다. 두 사람은 병원에서 쓰는 듯한 이동식 침대에 손을 올린 채였다. 침대에는 머리끝부터 발끝까지 하얀색 천으로 뒤덮인 누군가가 누워 있었다. 재빨리 손을 뻗어 천 자락을 잡아당겼고, 경호원들은 그런 나를 붙잡았다. 펄럭거리는 천 사이로 아저씨가 보였다.

순간, 아빠의 시신도 확인하지 못했던 그날이 갑작스레 재생됐다. 졸다가 사고로 죽었다고, 냉정한 목소리로 아빠의 죽음을 전하는 목소리가 엊그제 일처럼 귓가에 생생했다. 본인 과실이지만 위로금을 줄 테니 조용히 넘어가자고, 달래는 건지 협박인지 모를 말들이 지금도 날 옭아매는 것 같았다. 온몸이 뻣뻣하게 굳고 목소리도 나오지 않았다.

때마침 진료실 문이 열리고 의사라던 남자가 나타났다. 아저씨는 남자를 지나 진료실 안으로, 그리고 그 어딘가로 드르륵 소리와 함께 사라졌다. 나는 멍하니 멀어지는 아저씨를 응시하며, 내 손가락을 느끼며 남자에게로 시선을 향했다.

그러나 지금의 나는 그때의 나보다 어른이었다. 손을 몇 번 쥐었다 폈다 하면서 가까스로 몸의 긴장을 풀었다.

"아저씨한테 무슨 일이 있던 거죠?"

"자세한 건 부검을 해봐야 알 것 같습니다."

"아저씨 가족은……."

"안타깝지만 혈혈단신이십니다. 당분간 여러분을 면밀히 검사할 예정입니다. 또 이런 일이 발생하면 안 되니까요. 우선 돌아가 쉬십시오."

감정 없이 말하는 남자를 빤히 보다가 발걸음을 돌렸다. 이모는 여전히 넋이 나간 채였다. 영문을 모르는 현우와 한에게 아저씨가 돌아가셨다는 걸 알렸다. 우리는 각자의 방에 있기보다 식당에 모여 있기로 했다. 어제 그렇게 흥이 넘치던 공간에는 날카로운 침묵만 흘렀다. 아저씨가 죽었다는 소식을 들었는지, 음식을 배달해주는 이들도 조용히 점심 식사를 내려놓고서 손도 대지 않은 아침 식사를 들고 갔다. 저녁도 마찬가지였다. 이모는 눈물을 흘렸다가 화를 냈다가 조용해지길 반복했고, 현우와 한은 그런 이모의 곁을 지켰다.

나는 서늘해진 속을 가다듬으며 내 손가락에 집중했다. 손가락은 이 건물 아래쪽에 있었다. 죽어도 여한이 없다는 말과 함께 연신 기타를 치던 아저씨의 모습이 머릿속에 맴돌았다. 아저씨가 죽은 게 내 손가락 때문이라면…… 나를 용서할 수 없을 것 같았다.

우리가 먹지도 않고 식당에 모여 있자 남자가 경호원을 대동하고 직접 우리를 찾아왔다. 남자가 여기까지 온 건 처음이었다.

"부검 결과 급성알코올중독으로 사망한 걸 알 수 있었습니다. 초록색 빛에 의한 질병이나 바이러스는 아니었습니다만, 혹시 모를 일을 미연에 방지하기 위해 화장을 했습니다. 202호를 추모할 수 있는 공간으로 만들어둘 테니 슬픔을 잘 추스르길 바랍니다."

나보다 더 오랫동안 아저씨를 보아왔을 남자의 얼굴에는 슬픔 한 점 없었다. 저 남자에게, CCTV 너머에 있는 사람들에게 우리는 무엇일까? 여전히 건물 아래쪽에서 손가락이 느껴지는데, 화장했다는 거짓말을 한 이유는 무엇일까? 제우스 그룹은 워낙에 초거대 기업이니까 각 법인이 각자 개별의 논리로 컨트롤을 하고는 있으나 그럼에도 생기는 사건 사고는 자연재해 같은 거라고 했다. 딱히 틀린 말은 아니었다. 세계 곳곳에 회사가 있고 공장이 있고 하청의 하청이 있는데 그 모든 곳에서 사건 사고가 하나도 없다는 건 벌어진 일을 은폐하고 있다는 것과 다를 게 없었다.

제우스는 안전을 챙기고, 사건 사고가 발생하

면 잘 수습한다는 이미지가 있었다. 무엇보다 필요하면 돈으로 보상한 데다 임원직이 나와서는 사과나 위로의 말을 금방 내놓곤 했으므로. 그래선지 사람들은 누군가가 시위를 하면 본인이 실수한 걸로 보상금까지 받아먹곤 욕심 부린다며 손가락질했고, 질병이 생기면 기저 질환이 있던 게 아니냐고 쏘아붙였다. 제우스 공장이 들어선 뒤로 주변에 거주하는 사람들의 건강이 서서히 나빠져도 노환이라고 했다. 피해를 이야기해도 들어주는 사람이 없었다. 실질적으로는 존재하지 않는 사고였으니까. 혹은 단순히 당사자의 과실로 일어난 사고였으니까. 아빠의 죽음에 의문을 품던 내게 아빠의 동료가 그 욕을 감당할 수 없을 거라고, 어린애가 할 수 있는 건 없다고, 차라리 자기가 제우스 측에 보상금을 조금 더 챙겨달라 말하겠다고 해서 감사히 여겼던 적도 있었다.

언제든지 대체를 구할 수 있는 노동자와 필요에 의해 모은 사람들의 대우가 다를 거라고, 내심 그렇게 믿었나 보다. 우리 같은 사람들은 우리밖에 없었고, 무언가 결과를 얻으려면 우리는 소중히 대할 거라고 안심했다. 그런데 아니었다. 정말 바보 같은 착각이었다.

"김미영 씨는 지금 잠시 진료실에서 대화 좀 나누시죠."

이모가 일어서다가 휘청거리는 통에 현우가 이모를 부축해 남자를 따라갔다. 나는 눈이 퉁퉁 부은 한을 식탁 앞에 앉히고 식판을 들었다. 하루 종일 굶은 상태인 걸 알아서 그런지 전복죽과 동치미, 계란국같이 희멀겋고 심심한 메뉴들이었다.

"화내는 일에도, 슬퍼하는 일에도 에너지가 필요해. 얼른 먹어."

한의 눈동자에는 눈물이 그렁그렁했다. 그럼에도 내 말이 맞다고 생각했는지 전투적으로 죽을 퍼먹기 시작했다. 우리가 그릇을 거의 비워갈 때쯤 이모와 현우가 돌아왔다. 이모는 생각에 잠긴 채 의자에 앉았다. 우선 쭉 빈속이시니 식사는 챙겨야 할 것 같아 죽을 한가득 퍼서 이모 앞에 두었다. 현우도 이모 맞은편에 앉아 식사를 했다. 사람이 다섯 명이라 늘 식탁 두 개에 나눠 앉았는데, 이제는 식탁 하나로도 충분했다. 한과 나는 식사를 끝낸 뒤에도 자리를 지켰다. 이모는 여전히 아무 말도 없었다.

식사를 마친 후 이모에게 믹스 커피를 타드렸다. 원래 아저씨가 하던 일이었던지라 이모의 얼굴이 잠시 어두워졌다가 이내 희미하게 미소 지었다.

"고마워."

이모는 커피를 다 마시고도 컵을 만지작거릴 뿐이었다. 한이 빈 잔을 가져가고 찬물을 건네줬다. 그걸 벌컥벌컥 다 비운 후에야 입을 열었다.

"의사 선생님이…… 기훈이 몫의 돈을 내게 주겠대. 기훈이는 부모 형제가 없거든. 친척은 있지만 왕래를 하지 않은 지 오래고……. 원래 친척에게 지급해야 하는 건데, 내가 기훈이랑…… 결혼을 약속했으니까 아내라고 생각하고 기훈이가 받을 수당에…… 사망 수당까지 해서 총 5억을 주겠대. 제대로 건강을 체크하지 못한 것 같아 미안하다면서……."

이들이 정말 우리의 건강을 생각했다면 아저씨가 원 없이 술을 마시게 두면 안 됐다. 그렇게 원 없이 마시고 마셔도 술은 줄어들지 않았다. 처음 보는 와인들과 12년산, 30년산 위스키들을 채워 넣은 게 누군데 건강 체크를 운운하느냔 말이다. 내 손가락을 붙여서 생긴 거부반응 탓이 아니라면, 사실 이들은 아저씨가 죽길 기다린 건 아닐까……? 만약 그렇다면 어째서일까?

"나 혼자 받으라고 나만 불러서 알려준 거 같은데, 난 그러기 싫어. 우리 이거 나누자. 그냥 가끔…… 기훈이 생각만 해줘."

"이모……."

"그래도 1억 이상씩 받을 수 있으니까, 다들 숨통 트이겠다. 하나는 너무 오래된 아파트 말고 괜찮은 곳으로 알아보고, 현우도 고시원 말고 괜찮은 원룸 구하고, 한이는 정 집에 못 있겠다 싶으면 이모한테 오고……. 아들이 서울 가서 빈방 있으니까 와도 돼."

가슴팍에 멍이 들 것처럼 내리치던 이모는 눈물이 그렁그렁한 눈으로 애써 웃으며 말했다.

"기훈이가 우리 아들이 자기를 어떻게 생각할까, 갑자기 낯선 아저씨가 나타나서 아빠 노릇을 하면 싫어하지 않을까 걱정도 많이 하고 설레하기도 했거든. 여기서 번 돈으로 우리 아들 용돈 줄 거라고 웃었는데……. 기훈이가 준 돈으로 밥도 사 먹고 커피도 마셔야지. 산 사람은 살아야 하니까, 잘 살아야지……."

제 나이보다 젊게 보이던 이모였는데, 눈을 감으면 다시는 뜨지 못할 것처럼 기력이 없는 것 같았다. 잘 살아야지 되뇌는 말이 꼭 죽고 싶지만 마지못해 산다는 것처럼 들렸다.

처음에는 이모가 나눠준다 한 아저씨의 몫을 받지 않으려고 했다. 그게 어떤 돈인지, 친밀한 사람의 죽음을 맞이하는 게 어떤 마음일지 조금이나마 짐작할 수 있어서 거절하고 싶었다. 아마 현우나 한도 마찬가지였을 것이다. 서로 눈치만 보며 어쩔 줄 몰라 하고 있었다. 두 사람도 거절하려는 듯 고개를 내저었다. 나는 이모가 왜 돈을 나누고자 하는지 또한 알 것 같았다. 이곳에 아저씨가 있었음을, 우리가 함께 밥을 먹고 대화하고 노래했음을 기억해달라는 뜻일 터였다. 이렇게 이상한 건 우리뿐이었으니까. 그래서 이런 말로 입을 뗐다.

"네, 주세요. 그 돈으로 잘 살게요. 잘 지내다가 가끔 만나서 기훈 아저씨 이야기 해요. 아저씨가 이모를 얼마나 잘 보살폈는지, 기타를 얼마나 잘 쳤는지, 산적 같은 모습이랑 달리 노래 부르는 목소리가 얼마나 좋았는지 같이 이야기해요."

이모를 끌어안자, 이모도 나를 마주 안아주었다. 나는 이모의 머리를 쓰다듬으며 재빨리 내 귀와 이모의 귀를 맞바꿨다. 아무래도 이모가 혼자 안 좋은 마음을 먹을까 걱정이 돼 지켜볼 요량이었다. 손바닥 안에 잘 숨겼으니 CCTV에 잡히지 않았을 것이다. 이모는 귀가 떨어졌다 붙은 것도 모른 채 몸을 가늘게 떨면서 흐느꼈다. 차라리 소리 내어 울면 좋을 텐데, 우리가 있어서 마음껏 울지 못하는 것 같았다. 한참 동안 나를 껴안고 있던 이모가 크게 숨을 내쉰 후에 얼굴을 들었다.

"밤중에 기훈이 방인 202호에 추모할 수 있도

록 준비를 해주겠대. 이모는 방에서 쉬게. 내일 아침에 같이 인사하자."

이모는 그 말을 하고 일어나, 현우의 부축을 받으며 식당을 나섰다. 시끄러운 속을 달래려 휴게실에서 시간을 보낼까 하다가 관두고 방으로 돌아가려는데 한이 나를 불렀다.

"누나……. 오늘만 같이 있으면 안 돼요? 제가 바닥에서 잘게요. 저 코도 안 골고, 이도 안 갈아요. 조용히 자요. 그냥, 그냥…… 오늘은 혼자 있고 싶지 않아서요. 가까운 분이 돌아가신 거 처음이에요……."

혹시라도 거절할까 불안한 눈치였다. 나는 오히려 한이 누군가를 의지하고 싶어 해서 기뻤다. 혼자 참고 버티는 게 아니라 도움을 요청할 줄 알아서 안심했다. 그리고 내가 그때 도움을 받은 만큼, 다른 사람을 도울 수 있는 사람이 되었다는 사실에 안도감이 들었다. 고개를 끄덕이자 한이 얼른 내 옆에 붙었다. 우리는 나란히 걸어 내 방으로 들어갔다.

"누나는…… 깔끔한 성격인가 봐요."

이곳에 처음 왔을 때의 모습 그대로인 방을 본 한이 말했다. 책도 없고, 태블릿도 없고, 간식거리도 없었다. 내 집이었다면 생활감이 넘쳤겠지만, 내 공간이 아닌 곳에 그 어떤 흔적도 남기고 싶지 않았다.

"이어폰 끼고 영화 봐도 돼요?"

태블릿처럼 카메라가 달린 건 감시의 위험이 있었다.

"아니. 보려면 책을 봐. 이불 있으니까 바닥에 깔아줄게."

"그러면 씻고 책 가져올게요."

한이 잠시 자기 방으로 돌아간 동안 나는 서랍장에 있는 여벌 이불을 꺼내 바닥에 깔았다. 갈아입을 옷과 수건을 챙겨 욕실로 들어갔다. 샤워기를 틀자 찬물이 나오다가 이내 따뜻한 물이 나왔다. 이모에게 붙인 내 귀에 집중을 하자 물소리와 함께 울음소리가 들렸다. 역시나……. 방밖으로 들릴까봐 참느라 애쓰는 듯해서 울컥했다. 퍽퍽 치는 소리, 숨을 헐떡이는 소리, 짐승이 우는 듯 거칠게 목을 긁는 소리가 어지럽게 뒤

섞였다.

"기훈아, 기훈아……. 그러니까 술 그만 마시라고 했잖아, 이게 뭐야 응? 나 웨딩드레스 입혀준다며, 신혼여행은 해외로 가자며……."

오른쪽 검지와 중지의 연결된 느낌이 아직도 선명했다. 내 손가락들이 죽은 신체와 점차 긴밀하게 연결되는지 오른쪽 팔 부분까지 느껴졌다. 팔이 세 개라는 느낌은 아니고, 손에 휴대폰을 들고 보는 것처럼 감각과 정보를 얻는 쪽에 가까웠다. 분명 아저씨의 손에 손가락들이 다 달린 걸 알았을 텐데도 남자는 그 어떤 말도 하지 않았다. 아무 이상 없이 신체가 결합해 있다는 게 신기하겠지. 내 의지대로 언제든지 손가락을 떼어낼 수 있으니 조금만 더 내버려두기로 했다. 바깥과 연결된 감각을 끊고 따뜻한 물에 집중했다.

씻고 나와 머리를 말리는데 문 두드리는 소리가 들렸다. 한이었다. 책 두 권과 베개를 안고 있었다. 우리는 한 공간에서 각자의 시간을 보냈다. 서로의 숨소리가 엇박으로, 같은 박자로 들리기도 하고, 간간이 한숨 소리와 책을 넘기는 소리, 손가락을 토도독 두드리는 소리, 이불을 들썩이는 소리가 끼어들었다. 살짝 열린 창문 밖으로는 슬슬 움트기 시작한 이파리가 드문드문 보였고 새가 지저귀는 소리도 들렸다. 여기 온 지도 시간이 흘러 계절이 바뀌어가고 있는 모양이었다.

"나 환해도 잘 자니까, 책 읽고 싶은 만큼 읽다가 자. 잘 자."

"네. 누나, 잘 자요. 고마워요……."

내 검지가, 정확히는 내 검지 한 마디와 아저씨의 손가락 두 마디가 손에서 분리됐다. 어딘가에 조심스럽게 담겨져서 이동하는 것 같았다. 나는 점점 멀어지지만, 여전히 선명하게 연결된 손가락을 느끼며 잠에 빠져들었다.

평소보다 일찍 눈이 뜨였다. 한은 책을 손에 쥔 채 자고 있었다. 불이 켜져 있는 걸 보니 책을 읽다가 자기도 모르게 잠이 든 것 같았다. 한이 깨지 않도록 살금살금 방을 나왔다.

내 방 맞은편 202호의 문이 활짝 열려 있었다. 안으로 들어가니 서랍장 위에 아저씨의 유골함이 얌전히 놓여 있었다. 영정 사진도, 국화꽃도, 향도 없이. 이모는 퉁퉁 부은 얼굴로 침대에 앉아 멀거니 유골함만 보고 있었다. 주무시긴 한 걸까. 아직 식사 시간이 되지 않아 음식은 없을 테지만 식당에는 두유를 비롯한 음료수와 빵, 시리얼 등이 늘 있었다.

"빵이라도 가져올까요?"

"일찍 일어났네. 이모는 괜찮아. 너 배고프면 먹어."

"그럼 따뜻한 차라도 가져올게요."

식당으로 가서 정수기로 뜨거운 물을 받는데 남자가 들어왔다.

"이하나 씨, 지금 진료실로 같이 가시죠."

바로 이리로 온 걸 보면 CCTV로 계속 지켜보고 있었던 것 같았다. 번들번들한 남자의 눈동자를 보니 위장이 뒤틀렸으나 티 내지 않으려 노력하며 입을 열었다.

"이모한테 차 좀 가져다 드리고요."

"급한 일입니다. 지금, 가시죠."

다정하고 친절하진 않지만 정중하게 대하던 모습은 집어치우기로 했는지, 말투가 강압적이었다. 남자의 뒤에 선 경호원도 내게 한 발자국 더 다가왔다. 나는 내 검지 한 마디가 다른 사람의 손에 꿰매지는 걸 느낌과 동시에 한 걸음 내딛었다. 남자는 살짝 웃으면서 앞장을 섰고, 경호원은 내 뒤에 섰다. 나는 보이지 않는 압박을 떨치며 남자를 따라갔다.

진료실로 들어가자 책상 너머에 대기 중인 경호원이 있었다. 남자가 책상 앞 자기 자리에 앉고 나는 그 맞은편에 앉았다. 내 뒤에 있던 경호원은 자연스럽게 문 앞에 섰다.

"우선 조기훈 씨의 죽음에 유감을 표합니다. 같이 지내던 분이 갑작스럽게 사망해서 상심이 크겠습니다."

"아저씨는 바로 화장한 건가요?"

"조기훈 씨 방에 있는 유골함을 봤을 텐데요? 무슨 의도로 묻는 거죠?"

"술 마셨을 때 일이 제대로 기억은 안 나지만

제 손가락이 아저씨한테 있는 것 같아서요. 아저씨 손에 제 손가락 없었나요?"

"……기억이 흐릿하십니까?"

"네. 술을 너무 많이 마셔서요."

"그렇군요. 제 소관이 아니라 아는 바가 없어 확인하고 알려드리겠습니다. 그렇지만 이미 화장을 했기 때문에……. 혹시 저희 쪽 실수라면 이에 대한 보상은 꼭 해드리겠습니다."

거짓말. 나는 입술을 꾹 다물고 손가락을 쥐었다가 펴는 걸 반복했다.

"그런데 급한 일이라는 게 뭐죠?"

"조기훈 씨를 검진할 때는 혈압이나 간 수치 등 모두가 정상이었는데 갑자기 급성알코올중독으로 가신 게 걸려서요. 혹시 조기훈 씨의 손에 이하나 씨의 손가락이 결합된 후 어떠한 특이점이 있었나 여쭤보려고 했습니다만, 기억이 나지 않는다니 소용없겠군요. 온 김에 검사를 해보도록 하죠."

"수당으로 쳐주는 거죠?"

남자는 경멸의 눈초리를 안경 뒤로 숨긴 채

무표정을 유지하며 말했다.

"물론입니다. 그럼 손가락을 확인하겠습니다. 처음에 진료할 때는 손가락이 검지 하나만 분리됐었는데, 지금은 두 개나 없군요. 혹시 더 분리할 수 있습니까?"

남자가 보는 앞에서 오른손 엄지부터 왼손 새끼손가락까지 하나하나 잡아당겨보았으나 잘 붙어 있었다. 남자는 실망한 눈치를 노골적으로 드러냈다.

"저도 어떻게 됐는지 잘 모르겠어요."

"김미영 씨는 컨디션에 따라 분리할 수 있는 신체 부위가 달라지죠. 이하나 씨는 그게 술에 취한 상태일 수도 있을 것 같습니다."

"그렇지만 어제처럼은 못 마실 것 같아요. 원래 술을 좋아하지도 않고요."

나도 술기운이 아니었다면 내 손가락을 아저씨에게 주는 일은 절대 없었을 것이다. 하지만 그 덕분에 새로운 능력을 알게 된 것도 사실이었다. 다른 사람의 신체에 아무 이상 없이 결합할 수 있다는 것과 그 신체에 기생해서 정보를 얻을 수 있다는 것. 이제는 지하에서 무슨 일을 하는지 소리까지 들을 수 있었다. 다만 고장 난 라디오처럼 드문드문 들릴 뿐이라 전체적인 상황은 유추해야만 했다. 심장이 뛰지 않고 뇌가 죽은 신체에 어떻게 이런 일이 가능한지는 알 수 없었지만 말이다.

저쪽에서는 내가 주먹을 쥘 때마다 그 움직임에 맞춰 아저씨 손에 붙어 있는 내 손가락도 움직이는지 확인하는 듯했다. 혹은 내 손가락을 툭툭 쳐서 내가 어떤 반응을 하는지 지켜보거나, 뾰족한 걸로 손톱 밑을 찌르고, 물에 담갔다가 딱딱한 것 위에 올려놓으면서 반응을 지켜보기도 했다. 다른 손가락은 꽤나 먼 곳에서 잘 지내고 있었다. 다른 사람의 손에 이어 붙인 것 같았다. 붕대로 감아놓은 듯 답답하긴 했지만 정말 붙을지는 모르는 일이었다. 내가 아무 반응도 보이지 않자 남자가 작게 혀를 찼다.

"기억나지 않는 걸 알지만, 그래도 최대한 더 들어봅시다. 이하나 씨의 손가락이 조기훈 씨의 손에 붙은 걸 보고 어떤 기분이 들었나요? 이질

감은 없었나요? 이하나 씨의 손이라는 자각이 있었나요?"

"기억이 잘……."

"조기훈 씨의 경우와 같이 다른 사람의 손가락을 붙이면 이하나 씨의 손처럼 자유자재로 쓸 수 있을 것 같습니까? 신체가 분리되는 사람이 아니라 일반 사람에게 결합한다면 어떨 것 같습니까?"

물음을 들은 순간, 신체든 장기든 아무 부작용 없이 결합하고 싶어서 연구소를 세웠다는 확신이 들었다. 많은 사람에게 도움을 주는 일은 개뿔. 제우스. 제우스 그룹 회장의 외동딸이 심장이 약하게 태어났다는 뉴스. 회장이 딸에게 건강한 심장을 이식하려고 하는구나.

제우스는 이런 공간을 만들어 실험을 할 능력이 충분히 있었다. 공장에서 근무하고, 동네 미용실에서 일하고, 공무원 시험 준비를 하고, 학교에서 공부하고, 원룸에 살면서 아르바이트를 전전하는 사람들을 쥐도 새도 모르게 죽여도 수습할 수 있는 능력 또한 충분할 터였다. 우리는 실험용 쥐였다. 이 시점에 아저씨가 죽은 게 우연일까? 정말 급성알코올중독이었을까? 이 사람들이 우리를 살려서 보내줄까?

나는 고민하는 척하다가 고개를 흔들었다.

"잘 모르겠어요……."

"손가락이 갑자기 없어져서 불편할 텐데, 손가락을 구해다 줄까요?"

"네?"

"의수를 말하는 겁니다. 이하나 씨의 손에 맞게 만들어드릴 수 있습니다."

"아……. 아니요, 괜찮아요."

"그럼 오늘은 여기까지 하지요."

나는 남자에게 인사를 하고 일어났지만, 문 앞에 서 있던 경호원이 비켜준 뒤에야 진료실을 나올 수 있었다. 진료실 바로 앞에 있는 CCTV를 힐끗 보다가 식당으로 돌아갔다. 식판에 밥을 퍼서 202호로 가져가야지. 아저씨가 없는 유골함 앞에 올려둘 것이다.

그날 이후 202호의 문은 항상 열려 있었다. 이

모는 이모의 방 201호와 202호를 번갈아 생활했다. 산 사람은 살아야지, 하며 웃었지만 점점 시들어가는 것 같았다. 불안감이 사라지지 않는지 밤에 혹시 무슨 일이 있을 때 소리를 못 들으면 안 된다고 문을 조금씩 열어놓자 해서 204호와 205호도 문을 꽉 닫지 않았다. 문이 닫히지 않았다고 도어록이 빽빽거리는 통에 건전지를 빼버렸다. 오로지 현우만이 자신만의 공간이 필요하다며 문을 꽉 닫았다.

이런 분위기에 적응하지 못한 한은 내 옆에 붙어 있었다. 하루만 같이 자면 안 되냐고 하더니 그 후로 내 방 바닥에는 늘 이불이 깔려 있었다. 처음에나 조용했지 어찌나 말이 많은지, 그것도 카레 맛 똥이랑 똥 맛 카레 중 뭘 먹을 거냐 같은 이상한 소리나 해대서 귀가 아플 지경이었다. 내가 저 나이에도 저랬던가? 한이 보던 책이나 문제집도 바닥에 널브러져 있어 내 영역이라고는 침대와 화장실밖에 없는 것 같았다.

침대에 엎드려서 한이 읽던 책을 아무거나 집어 살펴보고 있던 중 진료실에 갔던 한이 돌아왔다. 영화 보러 휴게실에 가자고 하려 했는데 한의 표정이 이상했다. 한은 이불 위에 누워서 나를 올려다봤다. 나도 한을 빤히 바라봤다.

약간의 침묵이 흐르고 한이 망설이다 입을 열었다.

"의사 선생님이 어차피 가슴을 계속 분리해서 생활할 거면 기증하는 게 어떻겠냐고 하셨어요. 가슴 수술을 하고 싶어 하는 사람에게 결합해보겠대요."

"미친놈."

"돈도 많이 주고…… 또…… 수술도 바로 시켜준대요."

"너도 미쳤어? 준비가 필요하다며."

"여기서 다 알아서 해준대요. 집으로 돌아가고 싶지 않아요. 이하나를 알고 있던 사람들이 이하나가 죽었다고 생각하면 좋겠어요. 새로운 신분도 만들어준대요. 수술비 아껴서 생활비로 쓰는 게 더 좋지 않을까요? 전 이제 혼자니까요."

나는 한의 사정을 자세히 몰랐다. 한도 딱히 털어놓지 않았다. 그러나 말하지 않아도 짐작할 수 있는 건 있었다. 그러니까, 한은 나와 헷갈리는 이름 정도가 아니라 아예 동명이었던 것이다. 엄마에게 하나가 아니라 한이 되고 싶다고 말했고, 엄마가 그런 한을 이해해줬다면 이 병원 저 병원 돌아다니지 않았을 테지. 그럼 한은 여기에 오지 않고 조용히, 원하는 삶에 조금 더 가까워진 채 성인이 되기를 기다렸을지도 모른다. 누구는 청소년 때 부모님을 잃었는데, 누구는 청소년 때 제 손으로 부모님과의 인연을 끊고 싶어 한다. 인생이란…….

"네가 왜 혼자야. 이모도 있고 나도 있고 현우도 있는데."

나는 침대에서 벌떡 일어나 누워 있는 한을 일으켰다.

"네 가슴이 얼마나 크고 예쁘길래 달라고 하는지 좀 보자."

"네에?"

원망스럽게 쳐다보는 한의 손을 잡고 한의 방으로 넘어갔다. 빨리 꺼내달라고 집요하게 눈짓하자 한이 한숨을 쉬고 눈살을 찌푸리면서도 서랍장을 열어 수건으로 꽁꽁 싸맨 걸 꺼냈다.

“화장실 가서 보고 오세요.”

가슴을 건네받아 화장실로 들어갔다. 수건을 펼치자 꽤 크고 보드라운 가슴이 있었다. 왠지 무겁다 싶더니 그럴 만했다. 다른 사람 손에 이어 붙인 내 손가락이 잘 붙어서 움직이고 있다는 건 알고 있었다. 그러니 한의 가슴을 달라고 하는 것 같았다. 아저씨의 손가락도 다 분리됐을까. 이 손 저 손으로 흩어졌을까.

“한아! 들어와!”

“아, 누나!”

“그래도 네 거잖아! 얼른!”

한이 싫다며 질색했지만 계속 부르니 눈을 꼭 감고 들어왔다. 그 모습이 귀여워 웃었더니 버럭 화를 냈다.

“누나, 나를 여자로 보는 거예요? 몸이 이렇다고 내가 남자가 아닌 게 아니라니까요? 아니면 남자로 보는데도 이러는 건가? 이거, 이거 성희롱이에요!”

내가 얼굴을 가까이 대자 인기척을 느꼈는지

한이 눈을 번쩍 떴다. 한은 옷을 입고 있는 나를 보고 안심한 듯 표정이 풀어졌다가 다시 눈을 부릅떴다.

"방에 카메라가 숨겨져 있어."

"네?"

"아저씨가 내 손가락 가져간 거 기억하지? 내 손가락 붙이고 기타도 쳤잖아. 아저씨 시체 화장 안 했어. 아마 이 건물 아래쪽…… 1층에 있는 것 같아. 화장했다는 거, 다 거짓말이라고."

"어떻게……."

"화장했으면 없어져야 맞는데 아직도 내 손가락이 느껴져. 내 손가락이 아저씨한테 붙은 게 신기해서 실험을 하는 거겠지. 우리도 여기서 무사히 내보내주지 않을 수도 있어. 이 사람들, 믿지 마."

몸을 바로 하고 속옷 안에 대충 한의 가슴을 욱여넣은 후 거울을 봤다. 가슴이 크니까 옷이 뜨며 몸이 펑퍼짐해 보였다. 오른팔로는 가슴을 지지하고 왼손으로 허리선을 잡아 옷태를 보고 있다가 한과 눈이 마주쳤다. 씨익 웃자 얼굴이 벌겋게 달아오른 한은 서둘러 화장실을 나갔다. 한의 가슴을 수건에 잘 감싸고 밖으로 나오자 한이 손부채질을 하고 있었다.

"여긴 중간 정산 없나? 이것도 선금으로 달라고 해. 돈 주겠다고 말만 하고 진짜 그렇게 큰돈을 주는 건지 뭔지. 생각해보니 내 손가락 비용도 못 받았네. 피해 보상금도 달라고 해야겠다. 너도 돈 준다는 말 듣고 입금 확인 전까지는 팔지 마."

서랍장에 한의 가슴을 넣고 닫았다. 한은 내가 한 말의 뜻을 알겠는지 고개를 끄덕였다.

중간 정산을 받아야 한다고 떠들어댔더니, 이모와 현우도 그럴듯했는지 진료실에 불려 갔을 때 말했다고 했다. 특히 이모가 의욕적이었는데, 오라고 하지 않아도 하루에도 몇 번씩 찾아가 열변을 토하고 왔다. 그까짓 푼돈 때문에 실랑이를 하고 싶지 않았는지, 아니면 충분히 시달렸는지 어느 날 의사가 모두에게 지금까지의 금액을 먼저 정산해주겠다고 했다.

"오늘 치 수당까지 내 계좌랑 아들 계좌에 나눠서 입금한 거 확인하고 왔어. 기훈이 몫에 그동안 수고했다고 돈을 더 줬는데, 세금 하나 안 뗐더라. 너희도 진료실에 찾아가면 확인시켜줄 거야."

이모는 아침 식사도 안 하더니 점심시간이 되어 뒤에 경호원을 데리고 식당으로 들어왔다. 옷도 우리가 늘 입는 민무늬 하얀색 원피스가 아니라 잔꽃무늬가 있는 진녹색 원피스였다. 이모가 사복을 입은 걸 보고 다들 눈이 동그래졌다. 연하게 화장도 했는지 피부 톤이 화사하고 입술도 붉은색이었다.

"이모! 너무 예뻐요! 설마, 설마 이모 나가요? 이제 나가도 된대요?"

"그래, 나가. 너희도 나가고 싶으면 나가도 된대. 더 있어도 되고."

드디어 나갈 수 있다는 말에 현우와 한의 얼굴이 환해졌다. 나는 아저씨가 죽자 이렇게 금방 내보내준다 했다는 것이 의심스러웠지만 티 내지 않고 놀란 척을 했다.

"한이는 정말 갈 곳 없으면 이모한테 오고, 알았지? 너희도 나가서 연락해."

"지금 바로 나가요?"

"응. 날도 좋은데 여행이나 할까봐. 아들한테 동네 친구들이랑 크루즈 여행 간다고 거짓말했는데, 진짜 그럴까 생각 중이야. 그래도 나가기 전에 너희 정산금을 챙겨주고 갈 수 있어서 안심이야. 나오게 되면 꼭 연락해, 알았지? 그때까지 잘 지내렴."

이모는 산뜻하게 인사하고 경호원을 따라 진료실 쪽으로 향했다. 정강이까지 내려오는 치맛자락이 이모의 걸음걸음마다 살랑거렸다. 이모만 먼저 봄으로 걸어가는 것 같았다.

그러나 이모는 지금도 건물 안에 있다. 계속, 계속 잠만 자면서.

이들은 우리를 보내줄 생각이 전혀 없었다. 한에게는 이들을 믿지 말라고 했는데 현우에게는 어떻게 전해야 할지 감이 잡히지 않았다. 한처럼 화장실로 끌어들이는 건 그림이 너무 이상하지 않은가. 다행인 건 두 사람 모두 당장 나갈 생각은 없다는 점이었다.

원래부터도 혼자 있는 걸 좋아했던 현우지만 아저씨와 이모가 떠난 후로는 생수, 두유, 단백질 바, 건빵 같은 걸 잔뜩 챙겨 가더니 방에서 아예 나오질 않았고, 한은 왠지 모르게 내가 불편한 것 같았다. 말을 붙여보려고 해도 어색하게 웃거나 짧게 대답해서 억지로 말을 걸진 않았다. 그래도 혼자 있는 건 불안한지 잠은 여전히 내 방에서 같이 잤다.

한이 바닥에서 책에 집중하고 있어 그대로 두고, 침대에 가만히 누워 내 손가락과 내 귀를 연결해봤다. 시간이 지나서 그런지 중지를 통해 아저씨의 몸 전체를 관조할 수 있었다. 아저씨는 심장, 폐, 간, 신장, 위장 같은 장기뿐만 아니라 팔, 다리, 무릎, 척추, 성기까지 조각조각 난 채 다른 사람들에게 연결돼 있었다.

이식 과정은 매우 간단했다. 비어 있는 부분에 알맞은 신체를 가져다 대고 실로 꿰매 붕대나 깁스를 해서 고정시켜두면 되었다. 팔이 없는 사람인지, 연구를 위해 멀쩡한 팔을 잘라낸 건지는 모르겠지만 말이다. 장기도 마찬가지였다. 혈액형을 따질 필요도, 핏줄을 하나하나 섬세하게 이을 필요도 없었다. 기존에 있던 장기를 들어내고, 그 안에 아저씨의 장기를 넣었다. 장기가 흔들려서 이탈하지 않을 정도로만 대충 실로 고정한 다음 배를 열어둔 채 어떤 일이 벌어지는지 관찰하는 모양이었다. 그러나 아저씨는 이미 죽었으니 그 누구와도 연결되지 않았다.

내 손가락은 내가 살아 있기 때문에 아저씨 몸에서 떼어 다른 사람에게 이식했어도 잘 연결된 걸까. 또 실험하는 건지 잘 붙어 있던 내 손가락을 다시 분리해 다른 사람의 손에 꿰맸다.

"누나, 무슨 생각 해요?"

"나도 밖으로 나갈까 하는 생각?"

"나가려고요?"

한이 놀랐는지 침대 쪽으로 다가왔다. 나는 고개를 돌려 한과 시선을 마주쳤다. 한은 이모가 나간 후 머릿속이 복잡한 것 같았다. 돈도 부모님 모르게 새로 만든 계좌에 잘 들어가 있는 걸 확인했고, 당장 성별 정정 수술을 하지 않아도 우선 성별이 남자인 신분을 새로 만들어준다는 말까지 들었다고 했다. 여기에 더 있어도 되고, 나가면 언제든지 연계 병원에서 진료를 받을 수 있다고 하니 얼마나 좋을까. 연구 목적으로 들어왔으니 CCTV는 당연하다거나, 내가 잘못 판단한 걸지 모른다고 생각할 수도 있었다.

나는 미간을 찌푸렸다가 눈동자를 좌우로 크게 돌리곤 입을 열었다.

"생각 중이라니까."

그제야 CCTV가 있다는 사실이 떠올랐는지 한은 눈을 동그랗게 뜨고 고개를 끄덕거렸다. 지금 나간다고 하면 살아 있는 기증자가 될 뿐이었다.

이모는 계속 잠만 잔다. 이들은 실험 삼아 이모의 팔과 다리를 잘라 다른 사람에게 붙이고 살펴보는 중이었다. 이모가 살아 있기 때문일까. 팔과 다리가 내 손가락처럼 천천히 다른 사람의 신체와 결합하는 것 같았다. 팔보다 원래 분리가 됐던 다리가 다른 사람의 신체와 붙는 속도가 더 빠르다고 했다. 잘 붙어서 신체 활동까지 하는 걸 지켜본 다음, 장기를 이식할 거라고, 그러고도 모자라 이모의 텅 빈 뱃속에 다른 사람의 장기를 집어넣어 결합했다가 다시 떼어 다른 이에게 이식해볼 예정이라고 했다.

고장 난 듯 소리가 드문드문 들릴 뿐이었던 아저씨와는 달리 이모는 죽은 게 아니라서 주변에서 하는 말을 나는 다 들을 수 있었다. 그러나 이들은 이모가 살아 있다 생각지 않고 무신경하게 대화를 나누곤 했다. 그러면서도 이모가 죽을까봐 세심하게 관리해주었다. 포장지도 좋아야 한다고, 머리를 감겨주고, 손톱을 깎아주고, 바디로션을 발라준다. 어쩌면 이모는 미용 일을 할 때보다 더 곱고 우아할지도 모른다.

"야, 너는 돈 많이 준다고 하면 장기 배달부 할 것 같아?"

"쓰읍……. 얼마 줄 건데?"

"1억? 적은가? 5억?"

"한 번 할 때마다 5억이면 좀 끌리긴 하네. 하긴, 이 아줌마도 자식한테 사망보험금으로만 한

5억 들어갔을걸? 거기다 지금껏 받은 수당이랑 합치면 7억은 되지 않을까?"

"7억이나? 그냥 누워서 잠만 자는데 7억? 와, 내가 배달하고 싶다."

"힘들게 뭐 하러 배달하냐? 우리는 머리가 있잖냐. 퍼즐 바디가 되는 방법을 연구하면 떼돈 벌 수 있지 않을까? 살아 있는 퍼즐 바디는 이 아줌마 포함 넷뿐이라고. 깨끗한 장기, 아프지 않은 몸을 원하는 부자들은 많고 말이야."

담당 의사인지 연구원인지 모를 두 명이 이모 앞에서 낄낄거리고 있었다. 사람이 되어서 어떻게 저런 말을 하나 싶었지만, 이미 윤리적인 걸 내려놨으니 그곳에 있는 게 아닐까 했다. 사람의 목숨에는 돈을 매길 수 없다고 운운해도 소용없겠지. 이런 시덥잖은 대화를 며칠이고 견뎌가며 이모를 구할 방법을 생각하고 또 생각해봤다. 듣기만 하는 것 말고 할 수 있는 일이 없을까. 동시에 내가 듣고 있다는 걸 들킨다면, 깽판 쳤다가 나는 물론 한과 현우까지 위험해진다면…… 다른 방법이 없었다.

눈을 감고 숨을 내쉬었다. 늦어서 죄송해요. 이모의 심장을 멈추자 영화나 드라마에서나 들었던 삐이이—— 소리가 크게 울렸다. 시시덕거리던 둘은 욕을 하며 이모를 살리기 위해 무언가 하는 것 같았다.

그렇게 이모는 평온을 되찾았다.

현우는 아직 아무것도 몰랐다. 감시를 피하면서 털어놓을 타이밍도 장소도 마땅치가 않아 방법만 고민 중이었다. 좋아한다 거짓말하고 화장실에서 키스하자 꼬셔야 하나? 한에게 말했더니 기겁을 하는 통에 보류했는데, 그것 말고는 마땅한 방법이 떠오르지 않았다. 그래서 그냥 냅다 현우의 방문을 두드렸다. 쾅쾅쾅. 거세게 두드리는데도 문이 열리지 않았다. 그 소리에 한이 복도로 나왔다. 나는 한에게 들어가 있으라 손짓하고는 계속 문을 두드렸다.

"왜?"

"문 좀 열어봐."

"왜 그러는데?"

"문 열 때까지 두드린다."

한숨 소리와 함께 문이 살짝 열리고 현우의 왼쪽 얼굴만 약간 보였다. 내가 문을 더 열려고 잡아당기자 현우가 급하게 힘을 주며 문을 닫으려 했다. 그러나 그동안 제대로 먹지 않아서 힘이 없는지 내가 조금만 힘주어 잡아당기면 완전히 열릴 것 같았다. 현우도 그걸 안 듯 목소리가 떨렸다.

"왜, 왜 그러는데."

"열어봐."

"할 말 있으면 거기서 말해."

문이 아주 잠깐 더 열렸을 때 현우의 오른쪽 얼굴이 보였다. 오른쪽 눈동자가 있어야 할 자리에 아무것도 없었다. 나는 얼굴을 굳히고, 있는 힘껏 힘을 주고서 문을 활짝 열어젖혔다. 문고리를 잡고 있던 현우가 딸려 나오며 내 앞에 섰다. 현우는 필사적으로 고개를 숙였다. 나보다 키가 커서 허리를 한껏 굽혀 바닥만 쳐다봤다.

"너 눈이 왜 그래."

현우는 아무 말도 하지 않았다. 언제까지 침

묵하나 보자는 마음으로 가만히 서 있었다. 내가 쉽게 물러나지 않을 걸 직감한 건지, 아니면 목과 허리가 아팠는지 현우가 이윽고 자세를 바로 했다. 현우의 오른쪽 눈이 동굴처럼 깊게 파여 있었다.

"눈동자로 저글링하다가 창밖에 떨어뜨렸어?"

현우의 팔을 잡아 방으로 끌고 들어갔다. 내 방과 똑같은 침대, 서랍장이 있었고 전기 포트와 컵라면, 건빵 등이 테이블 위에 널브러져 있었다. 쓰레기는 밤에 문밖에 내다 놓으면 치워주니 망정이지 아니면 쓰레기 방이 됐을 터였다. 그만큼 현우는 방 밖으로 나오지 않았다. 아마 컵라면 같은 것도 새벽에 슬쩍 나와 가져갔을 테지. 혹은 여기 사람들이 밤에 현우 방 앞에 가져다 놓거나.

나는 현우가 아저씨가 돌아가시고, 이모도 밖으로 나가 외로움을 느끼거나 정신적인 충격을 받아서 방에 틀어박힌 줄 알았다. 회복하는 데 혼자만의 시간을 필요로 하는 거라고, 누구나 그럴 때가 있는 법이니 배려한다고 가만히 두었는데 이게 무슨 일인지 모르겠다.

"네 눈동자, 어떻게 된 거냐고."

"연구하는 데 협조해달라고 해서 알았다 하고 줬어."

"미쳤어?"

"하루 대여료로 돈 많이 줄 거래. 그리고 확실하게 계약서도 썼어. 제우스에서 나 본사 사무직으로 평생 고용해준대."

"너 바보야? 네가 네 발로 회사를 나가게 괴롭힐 수 있다는 건 생각 안 해봤어?"

"무슨 일이 있어도 딱 붙어 있을 거야. 거기서 정년까지 다닐 거야."

속이 터질 것 같았다. 제우스는 계열사가 많았고, 작은 회사를 먹어치워 제우스의 것으로 만들기도 했다. 사람들은 제우스 본사나 제우스가 땅을 사고 직접 건물까지 올려서 만든 제우스 그룹 단지만 생각하고 제우스에 다닌다고 하면 부러워하거나 질투를 하지만, 아무것도 없는 창고를 지키는 일을 해도 제우스 그룹 소속이었다. 계약서가 있다고 하더라도 그 속의 허점을 얼마든지 지어내고 찾아낼 수 있는 이들이었다.

"눈 당장 달라고 해."

"……."

"돈만 주면, 취업만 시켜주면 다른 것도 얼마든지 팔겠다? 정신 차려. 그렇게 회사 들어가면 뭐 해. 날고 기는 사람들이 모인 곳에서 어떻게 버틸 건데."

내 말이 현우의 무언가를 건드렸던 걸까. 현우의 얼굴이 딱딱하게 굳더니 왼쪽 눈으로 날 노려봤다.

"넌 뭐 그리 잘났는데? 아르바이트하면서 빌빌거린다고 하지 않았어? 그렇게 평생 일해서 1억이라도 모을 수 있을 것 같아? 하루 벌어 하루도 제대로 못 살다가 비참하게 죽을 게 뻔해. 그런데 여기 와서 돈맛을 보니 눈이 돌지? 너는 고작 손가락 한 마디고, 나는 눈동자라 내가 더 중요한 것 같아서 질투 나니까 그러는 거야?"

안광이 희번덕거리고 침까지 튀기며 거칠게 말하는 모습을 보니 그동안 같이 지냈던 현우가 아닌 것 같았다.

"뭐? 소소하게 벌어 소소하게 살고 싶다고? 많이 벌 능력이 없으니까 자기 합리화하는 거잖아. 내가 저 어린애처럼 멍청해 보여? 코끝으로 부릴 수 있을 거라고 생각했어? 나는 이 능력으로 우리 형보다 더 성공할 거야. 남의 일에 훼방 놓지 말고 부러우면 부럽다고 해. 너 정도면 나쁘지 않으니 내가 애인 삼아줄 수도 있지. 어쩌면 우리 사이에는 더 대단한 능력을 가진 아이가 태어날 수도 있어. 실험해볼래? 응?"

"미친놈."

"생각 있으면 말해. 내가 남자인지 여자인지 모를 애새끼보다 잘해줄 테니까."

그 말만 남기고 서현우는 나를 방 밖으로 밀어내더니 문을 쾅 닫아버렸다. 내심 그런 식으로 여기고 있었다니……. 속에서 타오르는 불꽃을 잠재우느라 한참을 그 앞에 가만히 서 있었다. 내 방으로 돌아가려고 몸을 돌렸더니 205호 문고리를 붙잡은 한과 눈이 마주쳤다. 들어가라고 했는데 내내 지켜보고 있었나 보다.

"누나……."

"저런 소리 귀담아듣지 마. 아직 밥시간 안 됐나? 우리 식당 가자."

눈동자를 빌려준 건지 갖다 바친 건지 모르겠지만, 아무튼 다 알려졌으니 이제 거리낄 것이 없다는 듯 서현우는 이 대화 이후로 마음대로 식당과 휴게실을 오고 갔다. 우리에게 말은 걸지 않았으나 아래위로 훑어보는 게 무척 불쾌했다. 분명 서현우가 개소리를 한 걸 듣고, 우리가 불안해하는 걸 알 텐데도 남자는 아무 반응도 하지 않았다. 우리는 문단속뿐만 아니라 자기 전에는 문 앞을 서랍장으로 막기까지 했다.

살얼음판 위를 걷는 것 같은 긴장 속에서 어느 날 한이 겁먹은 얼굴로 내게 속삭였다.

"가슴이 없어졌어요. 계속 누나랑 있느라 언제 없어졌는지도 모르겠어요……."

나는 그 말을 듣자마자 한에게 내 방에 얌전히 있으라고 한 다음 식당으로 걸어가 포크를 챙겼다. 그러곤 203호 앞으로 가서 일정한 박자를 유지하며 문을 쾅쾅 발로 찼다. 침착하려 했는데 분노가 점점 차올랐다. 나올 때까지 차자 안쪽에서 작게 욕을 하는 소리가 들리더니 문이 열렸다.

"뭐 하는…… 악!"

문고리를 잡고 있는 팔을 포크로 찍자 서현우가 비명을 질렀다. 그 틈에 문을 열고 서현우의 무릎을 후려쳤다. 서현우는 무릎뼈가 부서지는 건 아닌가 싶을 정도로 바닥에 무릎을 세게 찧고 고개를 바닥에 떨궜다. 나는 서현우의 머리채를 잡아당겨 올리곤 하나 남은 눈동자 앞에 포크를 들이밀었다.

"너야?"

"미, 미친년! 뭐, 뭐, 하는, 죽고 싶어?"

"한이 가슴 가져간 게 너냐고."

"어, 어, 차피, 연구 대상, 인, 데 왜 지랄이야!"

벌벌 떨고 있으면서도, 눈동자 앞에 포크를 두고 있으면서도 욕을 뱉는 모습이 대단하다고 해야 할지 멍청하다고 해야 할지. 이미 팔도 찍었는데 내가 정말 못 찌를 거라고 생각하나? 서현우한테 짜증 나는 것도 있지만, 이 뒤에 있는 제우스한테도 짜증 났다. 저들이 우리를 인간 취급

안 하는데, 나는 저들을 인간적으로 대우해야 하나? 여기 있는 사람들을 다 죽여버리고 싶었다.

이쪽으로 달려오는 발걸음 소리를 들으며 망설임 없이 포크를 찔러 넣었다. 서현우는 반사적으로 눈을 감았으나 포크는 눈꺼풀을 뚫고 눈동자를 찔렀다.

"아아아악!"

"이하나 씨! 얌전히 물러서시죠!"

언제나 무표정하고, 언제나 우리를 깔보는 듯했던 남자가 처음으로 당황한 표정을 하고 목소리를 높였다. 내가 물러나지 않으면 제압하겠다는 듯 경호원들이 나를 주시하고 있었다. 포크를 뽑자 순간 피가 확 튀며 얼굴에 따뜻한 액체가 느껴졌다. 서현우의 눈에선 더 많은 양의 피가 흘러나왔다. 내가 다시 찌를 듯이 팔을 휘두르자 경호원이 내 팔을 잡고, 다른 한 명은 서현우를 보호했다. 내 팔을 꺾을 듯 거칠게 제압하는 경호원의 손을 떨쳐내려 했지만, 힘으로 이길 수 없었다. 그렇게 실랑이를 하는 도중 아무도 모르게 경호원과 내 손가락 두 개를 바꿔치기

했다. 더는 무력하기 싫었다. 이들에 대해 더 많이 파악해야 했다. 능력이 점점 진화하는지 카멜레온이 주위 환경에 맞춰 색을 바꾸듯 손가락도 각자의 손에 맞게 모습을 바꿨다.

그럼에도 나는 내 손가락이 저기에 있다는 걸 알고 있다.

"무슨 일이 있었는지는 모르겠지만, 제발 진정하시죠."

"한이 가슴이나 돌려줘요. 아무리 한이 자기 가슴을 분리해서 다닌다고 해도 그걸 훔쳐 가? 변태 새끼. 미친 거 아니에요?"

"……저는 이하나 씨가 자기 스스로 주기는 꺼려져서 서현우 씨에게 부탁했다고 알고 있었는데 아니었군요. 한 번 더 확인했어야 했는데 죄송합니다."

"돌려줘요."

"이미 이식수술을 완료한 후라 불가능합니다. 이하나 씨께는 따로 사과와 보상을 하겠습니다. 그리고 이하나 씨가 화난 이유를 이해했으므로 더는 뭐라 하지 않겠습니만, 서현우 씨와 같은 공간에서 생활하기에는 불편할 것 같으니 분리 조치 취해드리죠."

"저 미친년을 가둬야지 뭐 하는 거예요! 내가 너 고소할 거야!"

"이하나는 나고, 재는 이한이에요. 이름 제대로 부르세요."

"……그럼 쉬시죠."

바닥에 떨어진 포크를 거칠게 발로 차고 뒤돌아 205호 문을 열자, 한이 서 있었다. 복도에서 폭력적인 일이 있었다는 걸 뻔히 알 텐데도 한은 아무 말 없이 나를 바라봤다. 피가 묻은 걸 보고 겁을 먹었나, 얼굴을 더듬어 피를 닦으려는데 한이 손을 뻗어 내 눈가를 문질렀다. 한의 손가락이 붉어졌다.

"다치진 않았어요?"

"아, 응. 나는 괜찮아. 그런데 너…… 나 안 무서워?"

"누나가 그랬잖아요. 우리는 다 이상하다고. 그래서 안 무서워요. 날 위해서 그랬는걸……. 내 이름이 이한이라고 말해준 것도 고맙고요."

한의 눈이 어찌나 반짝거리는지, 날 무서워하기는커녕 멋있게 여기는 것 같아 웃음이 나왔다. 내 웃음소리를 듣고 저 사람들은 나를 미친년으로 보겠지. 계속 갇혀 있으니 정말 정신이 이상해지고 있는 걸까. 저 사람들은 초록색 빛의 부작용으로 폭력성이 있다고 기록할까. 아무래도 상관없었다.

내가 먼저 씻고 한이 씻었다. 대충 머리를 말리고 있을 때 한이 나왔다. 한은 머리카락이 짧아서 툭툭 털고 말리자 금방 말랐다. 부러운 눈빛으로 한을 쳐다보다가 겨우 머리를 말리고 침대에 누웠다. 한도 일찍 잘 생각인지 불을 껐다. 오늘따라 달빛이 환해서 어떤 표정을 하고 있는지 잘 보였다.

"누나. 잠깐만 손잡아도 돼요?"

"아기네, 아기."

아직도 불안해하는 것 같아서 손을 내밀었다. 손가락 두 개는 경호원 것이고, 세 개는 내 것인 손이었다. 경호원의 손가락도 나에게 맞게 변형되었을 텐데, 한은 내 손을 잡았다 놨다 하더니 중지, 약지, 소지만 잡았다. 왜 그러는지 물어보려다가 말았다. 이렇게 잡는 버릇이라도 있나 보지. 한은 내 손가락을 잡은 손을 쥐었다 펴기를 반복하며 피시식 웃었다. 잡힌 손가락을 까딱까딱하자, 다시 쥠쥠 쥐었다.

"얼른 자."

그러자 이내 새근새근 잠이 들었다. 힘이 빠지며 떨어지려고 하는 손을 살며시 잡아 바닥에 놔주었다.

서현우는 협조적이니 잘 치료받고 산 채로 이용당하거나 이모처럼 잠든 채 신체 곳곳이 분리되어 여기저기 퍼져 나갈 터였다. 그 새끼가 어떻게 되건 관심 없었다. 여기서 한과 함께 빠져나갈 방법을 찾아야만 했다. 손가락을 바꿔치기한 경호원의 위치를 더듬으며 잠에 빠져들었다.

식당에 항시 구비돼 있던 숟가락 젓가락 세트와 포크, 나이프가 없어졌다. 이제 음식하고 같이 줄 모양이었다. 자기들을 찌를까 겁이 난 듯했다. 속으로 비웃고는 식사가 준비되면 밥을 먹고, 한과 영화를 보고, 상대방이 골라주는 책을 읽고, 부루마블이나 윷놀이 등을 하며 시간을 보냈다. 그러는 사이 경호원의 신체가 온전히 파악되길 기다렸다.

때때로 눈을 감고 경호원의 시선으로 이곳을 찬찬히 조망했다. 진료실에 앉아 있는 의사의 뒤통수, 진료실을 통해 밖으로 나가는 방법, 건물 주차장, 퇴근하고 소주를 마시는 일 같은 것들. 남자는 휴대폰과 이 건물 입구 도어록에 지문을 찍을 때 먹히지 않아 의아해했으나, 휴대폰은 오른쪽 엄지로 지문을 찍어 열고, 건물 도어록에는 왼쪽 검지를 추가 등록했다. 경호원의 손가락이 있으니 이곳에서 빠져나가는 건 수월하겠으나, 제우스의 눈을 피할 수 있을 거라는 생각이 들지 않았다. 어떻게 해야 무사히 집으로 돌아갈 수 있을까.

내가 눈을 감고 있으면 한은 내가 조는 줄 알았는지 담요를 덮어주거나 재잘재잘 떠들다가 조용히 입을 다물었다. 그러고는 가만가만 아저씨에게 손가락을 줘서 세 손가락만 남은 오른손과 경호원과 바꿔치기한 왼손 가운데서도 중지, 약지, 소지를 쓰다듬고 매만졌다. 그게 무척 다정하고 조심스러워서 눈을 뜨면 안 될 것 같았지만, 오히려 눈을 뜨고 한을 바라보곤 했다. 그러면 한은 때로는 볼을 발갛게 붉히고, 때로는 입술을 삐죽이고, 때로는 씨익 웃었다.

한이 어떤 마음인지 알았다. 모를 수가 없었다. 단둘이 하루 종일 붙어 있는 데다, 믿을 만한 사람이라고는 나 하나뿐이니 어찌 마음이 가지 않을 수 있을까. 그래도 직접적으로 말을 하지 않았고, 이 정도면 가족처럼 의지한다고 생각할 수 있지 않을까 싶기도 했다. 둘뿐인데 거리를 두면 한이 힘들 것 같아 적당히 아닌 건 아니고, 받아줄 수 있는 건 받아주며 지내는 중이었다.

그렇지만 이건 아니지.

"어허, 자는 사람한테 뽀뽀하는 건 성희롱이야. 안 돼."

"……자는 거 아니었으면서."

"동의 없이 뽀뽀하는 건 성희롱이야. 안 돼."

"그럼 뽀뽀해도 돼요?"

"안 돼."

거절할 줄 몰랐다는 듯 한의 눈이 동그래졌다. 왜 놀라는 거지? 한이 놀랐다는 게 더 놀라웠다. 내가 오해하게끔 행동한 게 있던가. 한숨을 삼키며 자리에서 일어나려는데 한이 내 옷자락을 살며시 잡았다. 그냥 털고 일어나려다가 아무렇지 않은 얼굴과는 달리 한의 손이 바들바들 떨리고 있어서 도로 앉았다. 한은 몸을 일으키더니 내 앞에 무릎을 꿇은 채 나를 올려다봤다.

"누나, 좋아해요."

좋아한다는 감정이 무서운 놀이기구를 타면서 느껴지는 두근거림 같은 것이라고 착각한 건 아닌지, 상황 때문에 그렇게 여기는 건 아닌지 고민해보라는 말은 삼켰다. 걱정이 담긴 말이라고 해도 한의 감정을 무시하는 것처럼 들릴 테니까.

"그냥, 그냥 말하고 싶었어요. 좋아하는 마음이 점점 커져서 흘러넘치니까 어쩔 수 없어요. 누나랑 사귈 수는…… 없겠죠?"

"없지."

"제가 트렌스젠더라서요?"

"아니. 네가 청소년이라서."

"아……. 아! 생각지도 못한 이유다. 와, 누나가 더 좋아졌어요! 내가 성인이 되면 만나줄 거예요?"

내가 부정을 내뱉기도 전에 한이 입을 맞출 것처럼 가까이 다가오더니 내 새끼손가락을 어루만지며 속삭였다.

"나랑도 바꿔요, 이거."

내 손가락처럼 변했다 생각했는데 아니었던 걸까. 어딘가 이상했나? 내 왼쪽 세 손가락만 잡는 이유가 한이 이미 알고 있어서인지는 몰랐다. 어쩌면 몸이 변하는 걸 예민하게 알아차리는 게 한의 능력일지도. 내가 눈동자를 데굴데굴 굴리자 약속을 하듯이 한은 자신의 새끼손가락에 내 새끼손가락을 걸었다. 나는 얽힌 손가락을 풀려고 오른손으로 손가락을 덮으면서 재빨리 손가락을 바꿨다. 손가락이 바뀐 걸 깨달은 한의 얼굴이 빛이 들어온 듯 환해졌다. 그게 너무 싱그러워 보여 나도 덩달아 웃고 말았다. 나는 한의 손가락을 내 손가락같이 변형하지 않고 그대로 두기로 했다. 길고 곧게 뻗은 새끼손가락이 내 손과 자연스럽게 어우러졌다. 한도 자신의 손에 달린 내 손가락을 만지작거리며 환하게 웃었다.

세상에 둘만 남은 듯 고요하고 평화로운 나날들이 이어졌다. 창밖으로는 어느새 봄이 흘러가고 여름이 오고 있었다. 살짝 열린 창문 사이로 점점 후덥지근해지는 바람이 새어 들어왔다. 암막 커튼을 치고 자던 한은 이제 아침 햇살을 맞으며 잠에서 깼다.

"가슴이 없어졌다는 건 무서웠지만, 다시 돌아올 일이 없다고 생각하니 마음이 좀 편해요."

남자는 왜 우리를 진료실로 더 부르지 않는 걸까? 혹시 다른 걸 꾸미고 있는 건 아닐까? 나는 내심 초조했다. 리스크를 지더라도 한을 당장 데리고 도망쳐야 하나? 손가락을 바꿔치기한 경호원을 통해 바깥 사정을 알아보려고 해도, 하는 일이라곤 의사 뒤에 서 있거나, 건물 밖에 서 있는 것뿐인 말단 직원이라 내가 알 수 있는 게 없었다. 남자가 이 건물로 오지를 않는 건지, 왔는데 이 경호원이 남자를 전담하는 게 아닌 건지 마주치기는 커녕 좀처럼 엿볼 수도 없었다. 게다가 경호 일을 하지 않을 때는 술 마시거나 여자를 꼬시는 통에 짜증이 날 정도였다.

드디어 우리에게 흥미가 떨어진 건가. 어쩌면 서현우를 통해 원하는 걸 다 얻은 걸지도 모르겠다. 경호원 말을 엿들어보니 위험을 감수하지 않아도 조만간 나가는 것을 기대해볼 만한 것 같았다. 그러나 한이 여기 들어와서 한 번도 하지 않았던 생리를 하게 됐다. 처음 겪는 통증에 소리도 내지 못하고 몸을 둥글게 말고 있었다. 나는 생리통이 거의 없어서 이렇게 고통스러워하는 걸 보니 당혹스러웠다. 다른 방에 배를 따뜻하게 할 수 있는 물품이나 진통제가 있나 돌아다녔으나 아무것도 찾을 수 없었다. 진료실에 가서 문을 두드려봤지만 아무 반응이 없었다. 급한 대로 식당에서 페트병에 따뜻한 물을 받아 방으로 돌아왔더니 한이 정신을 잃고 축 늘어져 있었다.

"한아, 한아!"

재빨리 진료실로 달려갔다. 쉬지 않고 문을 두드리자 경호원이 문을 열었다. 책상 너머에는 서둘러 왔는지 숨을 가다듬는 남자가 보였다. 아래에서 실험을 하거나 우리를 감시하고 있다가 한이 쓰러진 걸 보고 달려온 것 같았다.

"한이 쓰러졌어요. 도와주세요!"

우리는 방으로 달려갔다. 한은 여전히 정신을 잃은 채였다. 남자는 경호원에게 한을 업으라고 한 뒤 다시 진료실로 뛰어갔다. 진료실 바깥으로 나가는 문을 통과하는 경호원을 따라 나가려는데, 문 앞을 지키고 있던 경호원이 나를 막아섰다. 내 손가락을 달고 있는 경호원이었다. 당장이라도 팔을 내리고, 몸을 비키게 할 수 있지만 난동을 부리면 한이 빨리 치료를 받지 못할 것 같아 입술을 깨물며 발걸음을 멈췄다.

"한이를 잘 돌봐주세요."

이때 한을 끝까지 따라갔어야 했을까. 그랬으면 무언가 달라졌을까. 이 건물을 나가 집으로 돌아가서 제우스와 아무 연관 없이 평범한 일상을 누릴 수 있었을까. 여기서 받을 돈으로 투룸 아파트를 구해 한과 같이 지내다가, 한이 준비가 되었을 때 수술을 받으면 그 옆에서 간호를 해줬을까. 그 후 오래도록 곱씹고 또 곱씹어봤음에도 지금도 모르겠다.

한이 영영 돌아오지 않는다.

나 혼자인데도 아침, 점심, 저녁은 꼬박꼬박 나왔고, 음료와 간식 들은 다음 날이 되면 차 있었다. 돈 많은 회사 역시 다른 것 같았다. 괜히 광어회, 소갈비찜, 랍스타 등 비싼 메뉴부터 바스크 치즈케이크, 솔티드 피낭시에, 초코 크림 머핀 이런 디저트까지 보드판에 적었는데, 적는 족족 식사 시간에 나왔다. 먹고 싶은 걸 적으면 바로 먹을 수 있으니 즐거워야 하는데, 하나도 좋지 않았다. 혼자 먹고, 혼자 일하는 게 익숙했는데 그동안 다른 사람과 같이 먹어선지 혼자 밥을 먹는 게 어색하고 조금 외로웠다.

밥을 먹는 둥 마는 둥 하고 방으로 돌아와 침대에 누웠다. 바닥에는 한이 있을 때처럼 이불이 깔려 있었다. 한에게 붙어 있는 내 새끼손가락이 어디 있나 집중해보면 꽤 먼 곳에 있는 걸 알 수 있었다. 한은 정말 이곳에서 나간 것이었다.

다른 사람의 신체와 바꿔치기하면 그 사람의 신체를 서서히 알아갔는데, 한은 도무지 모르겠다. 그저 연결되어 있다는 것만이 명확했다. 혹시 수술을 하려고 준비 중인가? 제우스재단의 병원에 있을까? 여기 더 있어봐야 이 이상 알 수 있는 건 없었다. 아무래도 슬슬 여기서 나가야 할 것 같았다. 다만, 나가겠다고 밝히는 걸로는 내가 안전하게 나갈 수 있다는 믿음이 없었으므로 머릿속에 그려왔던 대로 내 방식으로 나가기로 했다.

경호원의 몸 전체를 장악했으니 연구실과 수술실을 마구잡이로 때려 부수고, 어차피 이곳에 있는 사람들은 관련자이니 다 두들겨 눕히거나 죽인 뒤 빠져나가도 되지 않을까 하는 폭력적인 상상을 하며 타이밍을 보던 중이었다.

"이하나 씨, 연구는 종료되었습니다. 이제 나가셔도 좋습니다."

"종료라고요?"

한이 사라진 후 나를 진료실로 부른 적도 없으면서 종료라니, 너무 이상했다. 이렇게 보내준다고? 죽이지도 재우지도 않고? 진짜로? 내가 가만히 있자 돈 때문이라고 생각했는지 사무적으로 덧붙였다.

"돈은 이미 지급되었습니다. 1층으로 가면 이하나 씨의 소지품이 있습니다. 휴대폰도 충전해두었고요. 들어올 때는 겨울이라 겨울옷밖에 없어. 임의로 여름옷을 준비해두었습니다. 집까지 데려다드리는 것과 제일 가까운 기차역이나 버스터미널로 데려다드리는 것 중 어떤 게 좋으십니까?"

"……제일 가까운 기차역이요."

"알겠습니다. 따로 챙길 것은 없으실 테니 곧장 1층으로 내려가시면 됩니다. 그럼 가시죠."

남자는 앉아서 문을 가리켰다. 그러자 경호원이 왼손으로 지문을 찍어 문을 열고는 내가 나가기만을 기다렸다. 갑작스러운 통보에 뭐라고 해야 할지 알 수 없었다. 나는 아무 말 없이 일어나 유령처럼 문으로 걸어갔다. 경호원은 매너 있게 혹은 냉정하게 계속 문을 잡아주고 있었다.

문밖으로 나가자 경호원이 문을 닫고 앞장서서 계단을 내려갔다. 경호원이 1층 문도 지문을 찍어 열었다. 원래는 살균 소독을 하는 시설이 있었는데 다 치우고 간이 탈의실과 탁자만 있었다. 탁자에는 내 겨울옷과 이들이 준 여름옷, 휴대폰, 지갑, 새 운동화, 겨울옷을 넣을 수 있는 가방이 있었다.

"문밖에 나가 있을 테니 갈아입고 나서 문을 두드리세요."

옷가지를 들고 탈의실로 들어가 갈아입었다. 아무 무늬 없는 흰색 반소매 티와 여름용 청바지, 단목 양말까지 신고 나와 운동화를 신었다. 가방에 옷을 넣고 휴대폰을 챙겼다. 충전까지 해놨다더니 배터리가 99퍼센트였다. 다정한 연락을 기다린 건 아니었지만, 알바 사장님에게서 온 전화 몇 통과 해고 통보 문자, 스팸 문자, 보증금에서 월세를 제하겠다는 문자를 살펴보다 화면을 껐다. 비로소 내 본래의 현실로 돌아온 듯했다. 가방을 메고 손에는 휴대폰을 들고 문을 두드리자 경호원이 들어와 문을 열고 복도로 나갔다.

양쪽으로 다 방이라 창문은 없었지만 등이 아주 밝았다. 조용한 복도를 걷자 유리문과 그 너머로 흙과 나무가 보였다. 경호원이 지문을 찍어 유리문을 열자마자 여름의 열기가 훅 끼쳐왔다. 늘 일정 온도가 유지되는 쾌적한 곳에 있다가 갑작스러운 열기를 느끼니 폐가 타들어가는 것 같았다. 그래도 좋았다. 집에 가면 집에만 있고 싶다고 빌겠지만, 갇혀만 있다가 탁 트인 하늘을 보고 뜨거운 햇빛을 맞으니까 자유를 되찾은 것 같았다.

그러는 사이 건물 앞에 주차된 차가 클랙슨을 울렸다. 나는 천천히 차로 다가가 뒷좌석에 탈지 조수석에 탈지 고민하다가 조수석에 탔다. 아직까진 어쩐지 얼떨떨한 상태였다. 안전벨트를 착용하며 본 내비게이션에는 기차역까지 33분이 걸린다고 나와 있었다.

역에 도착해 탈 수 있는 제일 빠른 기차를 타

고 집에 도착하니 아직도 해가 떠 있었다. 몇 개월 만에 온 집은 크게 지저분하지 않았다. 창문을 열어 먼지를 털어내고 청소기를 밀었다. 화장실은 건조해서 그런지 곰팡이가 생기진 않아 다행이었다. 그래도 변기를 박박 닦고 벽과 바닥도 문질러 닦았다. 락스 청소를 한 게 아니라 환기할 필요는 없어 창문을 닫고 에어컨을 켰다. 찬물로 세수를 한 다음, 챙겨 온 겨울옷을 비롯해 빨래 바구니에 있는 옷과 수건이 세탁기 안에서 돌아가는 동안 냉장고 속 상한 것들을 골라내고, 곰팡이가 핀 반찬들을 버리고, 찬장을 열어 유통기한이 지난 라면까지 정리해버렸다. 설거지까지 싹 한 뒤 여름옷을 꺼내고 겨울옷을 정리했다. 그러는 동안 세탁이 끝나 미니 건조대를 펼쳐 빨래를 널었다. 먹을 게 마땅히 없기도 했고, 집안일을 하느라 진이 빠져서 외식하기로 했다.

휴대폰으로 계좌를 확인하니 서울에 아파트 두어 채를 사도 남을 만큼 어마어마한 돈이 들어 있었다. 평생 일해도 모을 수 없는, 계약한 것보다 훨씬 큰 액수였다. 불쌍해서인지, 아니면 큰돈으로 나를 압박해 입 다물게 하고 싶었는지 모르겠다. 죽일 수도 있었는데 돈까지 들려서 놔줬으니 고맙다고 해야 하나? 제우스니까 어쩌면 아빠 관련해서 다 알고 있었는지도. 이전에 이미 보상금으로 해결이 됐었으니 이번에도 그럴 것이라고 말이다. 생활비 계좌로 약간의 돈을 옮기고 지갑을 챙겨 밖으로 나갔다. 멀리까지 가기는 귀찮아서 집 근처 백반집에 들어가 청국장을 시켰다.

TV에서는 사장님이 틀어놓은 뉴스가 소리 없이 나오고 있었다. 갓 나온 청국장을 흰쌀밥 위에 얹어 쓱쓱 비비고 있는데, 때마침 제우스 관련 뉴스가 나왔다. 자막을 통해 제우스 그룹 회장의 외동딸 김리사 씨가 무사히 수술을 마친 후 회복실에 있다가 일반 병실로 옮겼다는 걸 알 수 있었다. 창백한 낯빛으로도 환하게 웃는 김리사의 모습을 보는데 심장이 달린 것처럼 새끼손가락이 두근거렸다.

그제야…… 알 수 있었다. 제우스가 왜 나를 풀어줬는지를. 한은 우리 중 심장에 가장 가까운 신체가 퍼즐처럼 분리되었다. 돌아오지 않는 한 의 퍼즐 조각이 어디에 있을지 생각하니 목구멍이 조여왔다.

내려놨던 숟가락을 들어 청국장을 떠먹고, 김치를 집어 먹고, 쌀밥을 먹었다. 슬퍼하는 것도, 화내는 것도, 복수도, 어긋난 퍼즐을 바로잡는 것도 다 체력이 있어야 했다.

김리사의 회복은 모두의 관심사였다. 김리사의 건강이 곧 제우스의 미래였으니 당연한 일이었다. 회복 속도는 이례적으로 빠르다고 했다. 빠를 수밖에 없을 것이다. 이렇게 심장이 건강하게 뛰고 있으니 당장이라도 걷고 뛰고 달릴 수 있을 거라는 확신이 들었다. 다만 수술한 지 얼마 안 된 사람이 그러면 이상하게 여길 테니 아직도 병원에 있는 거겠지.

나는 헬스장에 가서 운동을 하고, 천변을 뛰고, 백화점과 마트를 구경하며 사람들 속을 거닐었다. 집에 있는 걸 제일 좋아했는데 도무지 혼자 가만히 있을 수가 없어서 집 밖을 떠돌았다. 내 몸이 조금 더 날렵하고 단단해진 것처럼, 김리사 또한 완쾌를 축하하며 자선 파티를 열겠다고 할 정도로 건강해졌다.

자선 파티에 들어가는 방법은 쉬웠다. 김건훈의 이미지를 쇄신하기 위해서인지, 아니면 정말 선의인지 김리사는 재벌 일가, 인플루언서, 연예인뿐만 아니라 공식적으로 제우스가 인정한 산재 피해자들도 초대했다.

제우스 피해자 모임 카페에서는 자선 파티에 갈 거냐는 글들이 속속 올라왔다. 제우스 기생충아 죽어라, 거지새끼들 같은 제목의 게시 글들이 올라왔다가 삭제되기도 했다. 그중 건너 건너 알고 있었던, 제우스의 공장에서 일하다가 병을 얻은 사람과 만날 수 있었다. 제우스가 준 돈으로도 치료비가 부족해 죽어가는 걸 택한 사람이었다. 복수를 위해 얼굴을 빌려달라는 말에 그는 단번에 고개를 끄덕였다. 그 사람의 눈동자에는 환희가 가득했다.

커다란 홀에 사람들은 많았지만 가진 자와 없는 자 사이에는 보이지 않는 벽이 있었다. 나는 피해자들 틈바구니에 서서 아름답고 사랑스러운 김리사를 바라보았다.

김리사는 단상 아래서 축사를 준비하고 있었는데 갑자기 심장이 가쁘게 뛰는지 숨을 천천히 깊게 내쉬었다. 김건훈은 김리사를 걱정하며 쉬는 게 어떤가 말리는 눈치였으나, 김리사는 고개를 내저었다. 시간이 되어 김리사가 무대 위로 올라가 인사했다. 본인은 사람들 앞에 나서느라 떨린다고 생각하겠지?

한이 나를 정말 많이 좋아했다는 걸 이런 식으로 알고 싶지 않았다. 얼굴색은 멀쩡했었는데 심장이 터질 것처럼 쿵쾅거리고 있었는지는 미처 몰랐다. 평소에 자신을 숨기고 조용히 있던 게 버릇이 되어서 그랬던 걸까. 이렇게까지 심장이 뛰는 걸 그때 알았더라면 성인이 될 때까지 기다리겠다고, 약속하겠다고 했을지도 모르겠다. 아니야, 그래도 남자가 된 후 또래를 만나는 게 나을 것이다.

그러자 내 생각에 반발하는 듯 한의 심장이 거칠게 뛰었다. 나도 모르게 웃음이 나왔다. 다른 사람들도 웃거나 감탄하고 있었기에 내 웃음이 이상해 보이지 않아 다행이었다. 김리사의 말간 얼굴을 바라보다가 내 새끼손가락과 한의 새끼손가락을 걸었다. 고개를 살짝 숙여 한의 새끼손가락에 가볍게 입을 맞췄다.

나는 내가 할 수 있을 만큼 근사한 어른이 된 한의 모습을 상상해봤다. 그러나 이내 내게 제일 강렬했던 모습이 생생하게 떠올랐다. 잔뜩 긴장한 채 무릎을 꿇었으면서도 반짝반짝한 눈빛으로 나를 바라보던 한에게, 용기와 진심을 담아 나를 좋아한다 마음을 전했던 한에게 인사를 건넸다.

"안녕, 이한. 좋아해줘서 고마워."

내 인사를 들었을까. 한의 심장이 더 거세게 뛰었다. 이렇게라도 살아 있는 게 낫지 않을까 싶은 생각도 잠깐 들었으나, 안 될 일이었다. 저건 한이 아닐뿐더러, 한은 자신의 삶을 원치 않게 빼앗겼다. 김리사 또한 자신의 삶을 원치 않게 빼앗기는 게 아니냐고 해도 어쩔 수 없었다. 원래의 주인에게 빼앗겼던 걸 돌려주는 것뿐이었다. 내게 그런 능력이 있어 다행이었다.

새끼손가락에서부터 연결된 한의 심장이 편히 쉬기를 원하자 빵 터질 것처럼 뛰던 심장이 이내 조용해졌다. 그러자 발랄하고 경쾌한 말투로 인사말을 이어나가던 김리사가 아무런 전조도 없이 갑작스레 쓰러졌다. 손을 쓸 수 없을 정도로 순식간에 일어난 일이었다. 전원을 내린 듯 눈동자에선 아무런 생기도 보이지 않았다. 이렇게 쓰러져 다시는 일어나지 못할 것이다.

"리사야——!"

세계에서 꼽을 정도로 돈이 많다는 사람이 무릎을 꿇고 개처럼 울부짖고 있었다. 사람을 도구로 보는 사람이 슬퍼하는 모습을 보니 웃길 뿐이었다. 사람들은 웅성거리면서도 카메라나 휴대폰을 들고 단상 위를 찍고 있었다.

이것은 나의 복수이면서 한의 복수였다. 한이 원했을지는 모르겠지만. 그러나 그날 약속했던 것처럼 한의 새끼손가락이 터질 듯이 두근거리고 있었다.

작품해설

조각난 우리의 신체는 무엇으로 꿰맬 것인가

이지은(문학평론가)

김청귤의 소설에는 인간의 신체가 오직 도구적인 목적을 위해 조작되고, 그렇게 만들어진 효율성이 권력층의 생존과 이익을 위해 탈취되는 장면들이 자주 등장한다. 유전공학과 의료 기술은 인간의 수명을 연장하고 신체의 젊음을 오래 유지하게 하지만, 그러한 비약적인 성과는 또 다른 생명체에게 희생을 강요한 결과이기도 하다. 기술 진보의 혁명성은 인간 신체의 대체재를 생산할 수 있는 능력이 아니라, 생명체를 언제든 대체·폐기할 수 있는 헐값의 자원으로 여기게 하는 계산법에 있는지 모른다. 작가가 어느 소설에서 예고했듯, "로봇을 충전하는 것보다 인간을 인공 배양하는 게 훨씬 더 싸게 먹"*히는 시대가 도래한 것이다. 인간 신체 그 자체로 육박해 오는 자본주의 착취 시스템과 그에 맞서는 주체들의 저항적 상상력이 김청귤 소설의 주된 문제의식 가운데 하나라고 할 때, 『퍼즐 바디』는 바로 이 계보에 놓이는 소설이다.

『퍼즐 바디』는 초록색 빛을 쐰 후 신체가 분리되는 능력이 생긴 이하나(='나')가 자신을 납치한 연구소의 음모를 파헤치고 그에 복수하는 과정을 담고 있다. '초록색 빛'은 SF적 사고실험의 공간을 열어내는 진입로이자, 동시에 현실에서 이미 시행되고 있는 고도화된 장기이식 기술을 간단하게 처리하는 방법이기도 하다. 『퍼즐 바디』가 초현실적 사건을 다루고 있음에도 소설 속에서 지금 여기의 우리 사회가 발견되는 이유가 이 지점에 있다. 또한, 소설은 표면적으로 추

* 김청귤, 「해저도시 타코야키」, 『해저도시 타코야키』, 래빗홀, 2023, 186쪽.

리소설의 구성을 따르고 있지만, 이미 소설의 첫 장면에서 범인과 범죄 목적을 암시하며 시작된다. 다국적 기업 제우스의 유일한 후계자 김리사가 심장 질환으로 쓰러지는 장면으로 소설이 시작됨으로써 거대 자본이 당신의 심장을 노리고 있음을 경고하는 것이다. 따라서 독해의 초점은 '누가' '왜' 사람들의 신체 일부를 노리는가가 아니다. 『퍼즐 바디』가 우리에게 제안하는 사고실험의 주제는 이렇다. 자본가는 권력의 재생산을 위해 사람들의 신체를 '어떻게' 착취하는가. 그리고 조각난 신체의 주인은 자본의 권력에 '어떻게' 맞설 것인가.

이하나가 납치된 연구소에는 그와 비슷한 증상을 보이는 사람들이 네 명 더 있다. 남편과 사별한 뒤 미용실을 하며 아들을 혼자 키운 김미영, 공장에서 일하다 손가락 두 개를 잃은 조기훈, 취직을 위해 공무원 시험에 매달리고 있는 서현우, 스스로를 남성으로 정체화하며 여성의 몸에서 벗어나고자 하는 10대 청소년 이한. 이하나가 연구소에 도착했을 때 이들은 가족처럼 허물없이 지내고 있었다. 신체 증상 외에 이들의 또 다른 공통점은 사는 게 녹록지 않다는 점이다. 처음에 연구소 직원은 "아직 취업을 못 하고 아르바이트만 하시던데, 저희가 드리는 돈이 꽤"(18-19쪽) 된다며 이하나를 설득하려 했다. 이하나는 거절했지만, 다른 사람들에겐 연구소의 제안이 더 절실했던 듯하다. 김미영은 취업한 아들에게 집을 장만해주고 싶었고, 이한은 성전환 수술을 위한 비용이 필요했다. 서현우는 취직만 할 수 있다면 어떤 일도 감수할 태세다. 이는 이하나와 사람들 사이의 차이점이기도 하다. 하나를 제외한 나머지 사람들은 연구소에 오기를 스스로 선택했으며, 연구소의 쾌적한 시설에 만족하고 있다. 무엇보다 이들은 연구소가 약속한 돈에 희망을 걸고 있다.

다행인지 불행인지 제우스의 회장은 이기적이면서도 냉정한 자라 사람들을 너무 옥죄면 터진다는 걸 알고 있었다. 높은 급여, 좋은 복지, 적당한 대우는 사람들이 선망하기에 더할 나위 없는 조건이었다. 너도나도 알아서 개처럼 일하고 싶어 할 뿐만 아니라 반기를 드는 개는 자기들끼리 알아서 밟을 수도 있을 정도로. (54-55쪽)

돈을 받고 신체 실험에 협조한다는 것이 의아해 보일 수 있으나, 이는 이미 현실에서도 벌어지고 있는 일이다. 우리는 '돈이면 다 되는 줄 아느냐'라는 말을 자주 하지만, 돈으로 많은 것이 해결되는 현실에서 이 비판은 자주 힘을 잃는다. 최소한의 돈도 받지 못한 채 속수무책으로 당하는 경우가 많다 보니 사람이 죽어도 위로금과 피해 보상금을 받으면 마치 합당한 거래라도 한 듯 착각하게 된다. 생명도, 신체 일부도 돈으로 계측될 수 있는 사회에서 자본가는 인자한 얼굴을 할 수 있다. 그것은 자본가가 선해서가 아니라, 애초 '돈이면 다 되는' 세계의 룰 자체가 그에게 유리하기 때문이다. 복지든 급여든 피해 보상금이든 노동자에 주어지는 것은 결국 체제 유지를 위한 푼돈일 뿐이지만, 자본주의 가치 체계 속에서 이는 마치 자본가의 덕성이라도 되는 듯

포장된다. 따라서 자본가는 인자한 얼굴을 하고 푼돈을 베풀면서 사람들의 자발적인 복종을 얻어낼 수 있다. 반면, 사람들은 당장의 필요를 충당하기 위해 자신을 착취하는 구조에 복무하는 덫에 빠지곤 한다. '인자한 얼굴의 착취자'와 '자발적인 복종'이라는 두 개의 모순이 중첩된 곳에서 자본가에게 유리한 체제는 더욱 공고해진다.

이하나가 납치된 연구소 역시 우리 사회의 축소판이기에 비슷한 일이 벌어진다. 사람들은 감금된 채 신체 실험에 응하는 대가로 '기본급'과 '수당'을 받는다. 아니, 그 대가가 '기본급'과 '수당'이라 지칭됨으로써 감금과 실험은 노동조건과 노동이라는 합법적인 계약관계의 외관을 띠게 된다. 사람들은 연구소에서 쾌적함과 안락함을 느끼고, 심지어 "이렇게 몸 편하고 마음 편한 상태에서 돈 벌고 있는 게" "미안할 정도"(44쪽)라고 한다. 조기훈이 갑자기 죽자 사람들은 잠깐 불안에 휩싸이지만, 이 또한 "사망 수당까지 해서 총 5억"(84쪽)을 나누어 가지기로 하면서 가라앉는다. 그러나 피실험자들을 다정하게 챙겨

주던 김미영마저 이어서 떠나자 위기감이 고조되고, 이에 같은 처지의 남은 자들 사이에 분란이 생긴다. 서현우는 제우스에 취직하려는 욕망 하나로 한쪽 눈을 연구소에 내주고도 모자라, 이한의 신체까지 훔쳐다 준다. 피실험자들에게 제공되는 돈은 그들에게 가해지는 비윤리적 실험을 합법적 계약관계로 오인하게 할 뿐 아니라, 그들로 하여금 자신을 착취하는 구조의 수호자가 되도록 한다.

피실험자들 가운데 이하나만이 연구소를 경계할 수 있었던 것은 그가 아버지를 산업재해로 잃었기 때문이다. 사람이 죽었는데도 아무 일 없었다는 듯 공장이 다시 돌아가는 것을 보면서 피해 보상금이란 피해자에 대한 최소한의 보상이나 예의가 아니라, 공장을 재가동하기 위한 비용일 뿐임을 직관적으로 깨닫고 있던 것이다. 우연히 조기훈의 시신에 이하나의 손가락이 딸려간 탓에 이하나는 연구소의 거짓말을 알아챘고, 이후로는 의도적으로 자신의 신체 일부를 김미영, 경호원, 이한 등과 바꿈으로써 사건의 전모를 파헤치게 된다. 이하나의 신체 조각이 타인의 신체와 결합하면서 감각을 확장해주었기에 가능한 일이었다. 조기훈, 김미영, 경호원이 보고 듣고 느끼는 정보가 이하나에게 전달된 것이다. 마지막으로 이하나는 이한의 심장이 김리사에게 이식되었음을 느끼게 된다.

소설은 사람들의 신체를 상품화하는 자본에 대항하여 조각난 신체들이 만들어내는 거대한 네트워크를 보여준다. 자본(가)은 자신의 생명을 연장하기 위해 사람들의 신체를 부위별로 뜯어 제 몸에 연결하지만, 소설은 이를 뒤집어 탈취당한 신체 조각이 타인의 감각을 훔치는appropriation 상상력으로 응수한다. 이하나가 타인과 결합한 자신의 신체 조각을 통해 감각을 확장할 때, 이하나의 조각난 신체는 더 이상 도난당한 것이라고만은 할 수 없다. 그러나 이하나의 감각이 확장되었다고 해서 타인을 지배할 수 있는 것은 아니다. 바로 여기에 김청귤 소설이 보여주는 해방적 상상력의 핵심이 나타난다. 이하나는 복수를 위해 김리사의 자선 파티에 참석하지만, 어떠한 폭력적인 행위도 하지 않는다. 이하나는 그냥 그곳에 존재할 뿐이었으나, 김리사에게 이식된 이한의 심장은 고동친다. 이한이 이하나를 사랑하기 때문이다. 이한과 이하나의 사랑을 통해서 자본(가)의 심장을 터트리는 소설의 결말은 누군가에게는 다소 낭만적으로 다가갈지도 모른다. 그러나 사랑하는 이를 향한 두근거림보다 세상을 더 크게 뒤흔드는 힘이 있던가. 사랑은 우리의 조각난 신체를 연결하고, 사랑하는 이를 향한 두근거림은 하늘을 울리고 땅을 뒤흔드는 힘이 되어 기성의 질서를 위협한다.

작가의 말

안녕하세요, 김청귤입니다.

인간의 몸이 퍼즐처럼 분리되고 다시 붙는다는 설정은 꽤 오래전에 생각해둔 것입니다. 주인공에게 신체를 자유롭게 뗐다 붙였다 할 수 있는 능력이 생겼는데, 침대에 누워서 리모컨을 가져오거나 방 불을 끄는 일 등에만 사용하는 것까지는 변함없는 설정이었습니다.

그 주인공이 연구소에 납치되면 어떻게 반응할까. 돈 주고 밥 챙겨주니 좋다고 생각하는 태평한 성격으로 할까, 경계하고 밀어내는 성격으로 할까, 혼자 있는 걸로 할까, 연구소에서 탈출하는 과정을 써볼까, 그 과정에서 이런 에피소드를 넣어볼까, 같이 있는 사람들은 어떤 성격으로 할까, 어떤 사연이 있을까, 제 발로 왔을까 아님 주인공처럼 납치됐을까, 신체 부위 중 어디가 분리된다고 할까…….

이야기는 자주 바뀌었다가 다른 일들에 밀려 아주 오랫동안 기억 저편에서 잠들어 있었습니다. 그러다가 현대문학 출판사에서 청탁을 받고 이 이야기가 떠올랐습니다. 열심히 노트를 뒤져보니 '퍼즐 바디'라고 적어둔 제목을 발견했습니다. 처음 이야기를 구상했을 때와 현재라는 시간의 간극 속에서 이야기는 변화하고 살이 붙으며 앞으로 나아가게 되었습니다.

생각만 하고 있었던 설정이었는데, 현대문학 덕분에 이렇게 근사한 책이 나올 수 있었습니다. 감사합니다.

우리는 늘 누군가에게, 무언가에 기대어 살고 있습니다. 연결된 세상 속에서 혼자가 아님을 알고, 오늘 하루도 씩씩하게 살아가길 희망합니다.

이 책을 읽어주신 분들께 감사드립니다. 가끔은 힘들고 지칠 때가 있겠지만, 그보다 더 많이 즐겁고 행복하시길 바랍니다.

감사합니다.

퍼즐 바디

지은이 김청귤
펴낸이 김영정

초판 1쇄 펴낸날 2025년 12월 25일

펴낸곳 (주) 현대문학
등록번호 제1-452호
주소 06532 서울시 서초구 신반포로 321(잠원동, 미래엔)
전화 02-2017-0280
팩스 02-516-5433
홈페이지 www.hdmh.co.kr

ISBN 979-11-6790-337-2 04810
979-11-6790-220-7 (세트)

* 책값은 뒤표지에 있습니다.